JN268922

九州における
# 與謝野寛と晶子

近藤晉平

和泉書院

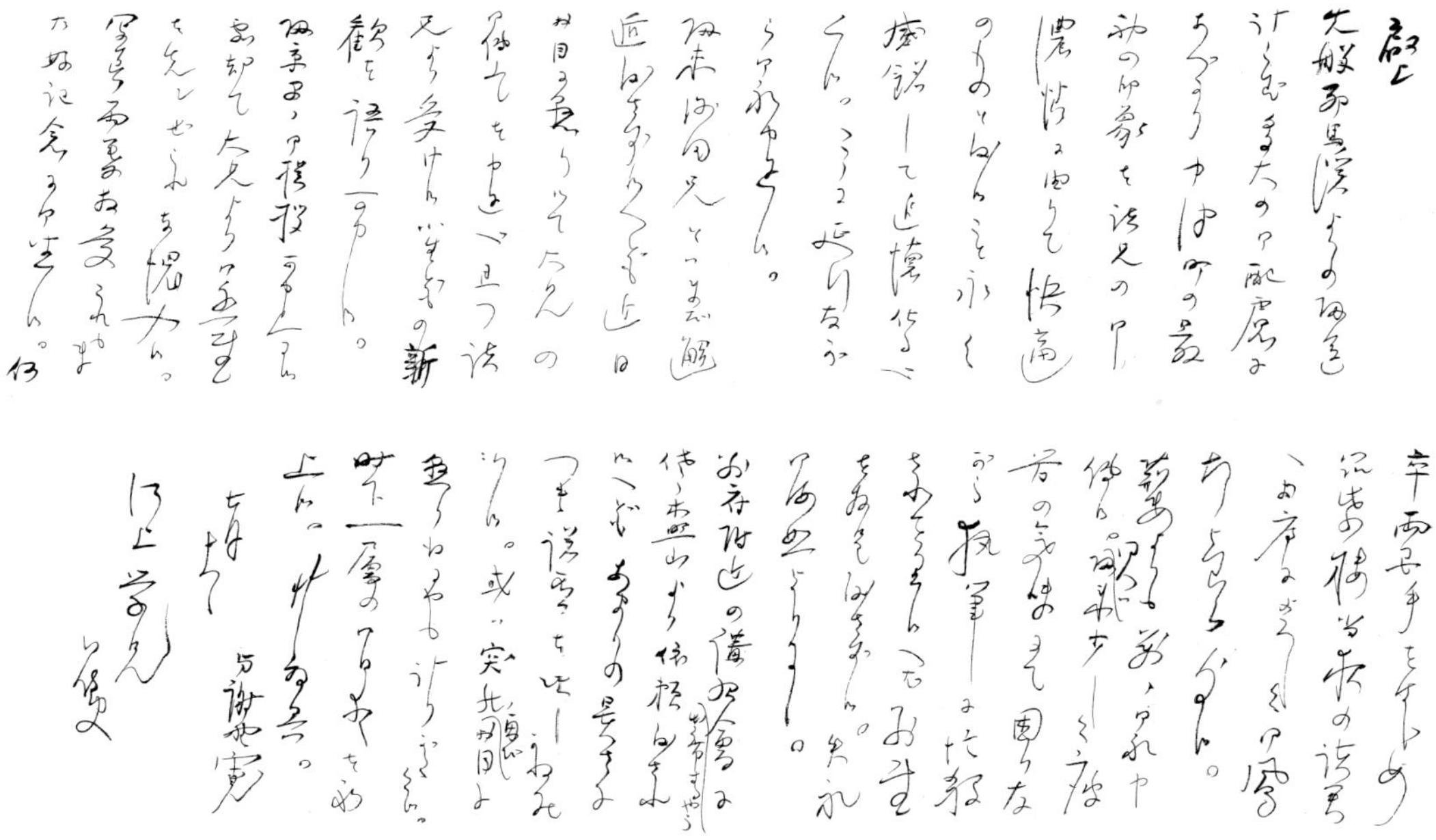

大正六年七月十八日、江上孝純に宛てた寛の書簡。九州旅行の際に中津で歓待されたことへの礼状。(著者蔵)

前頁書簡の封書。

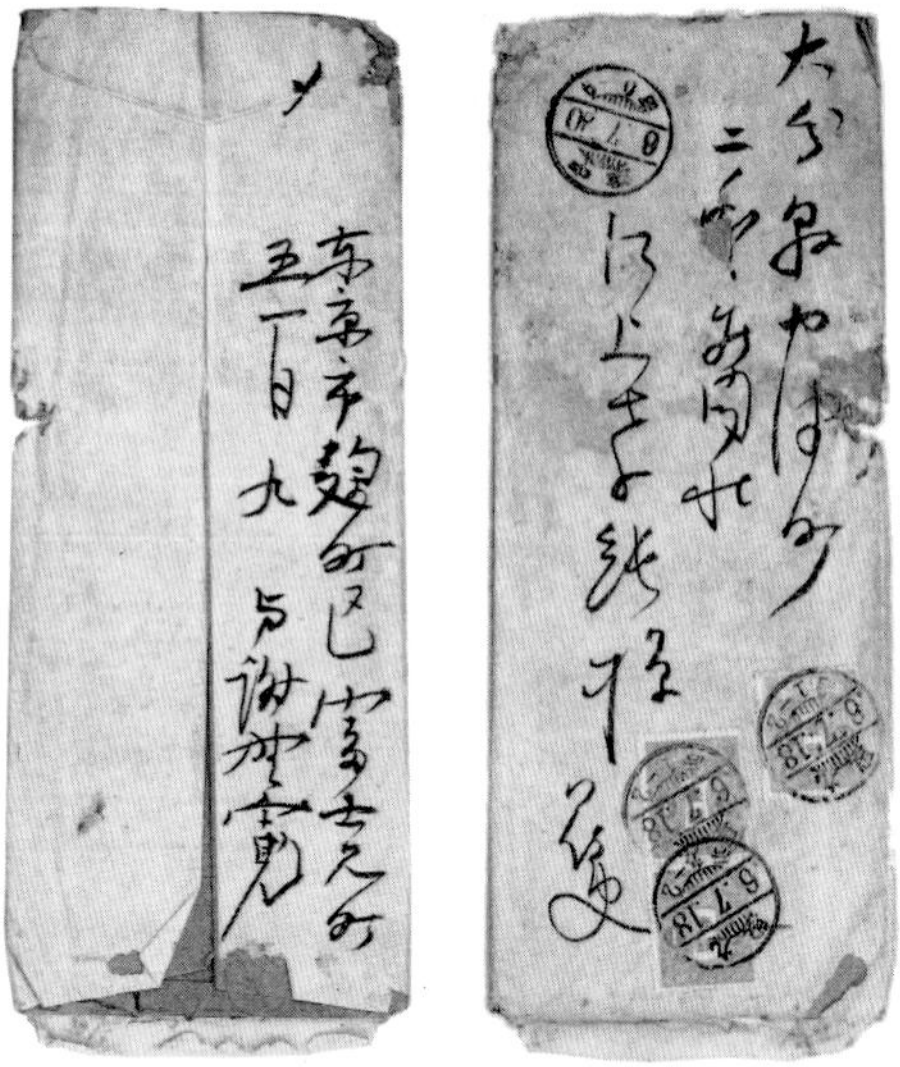

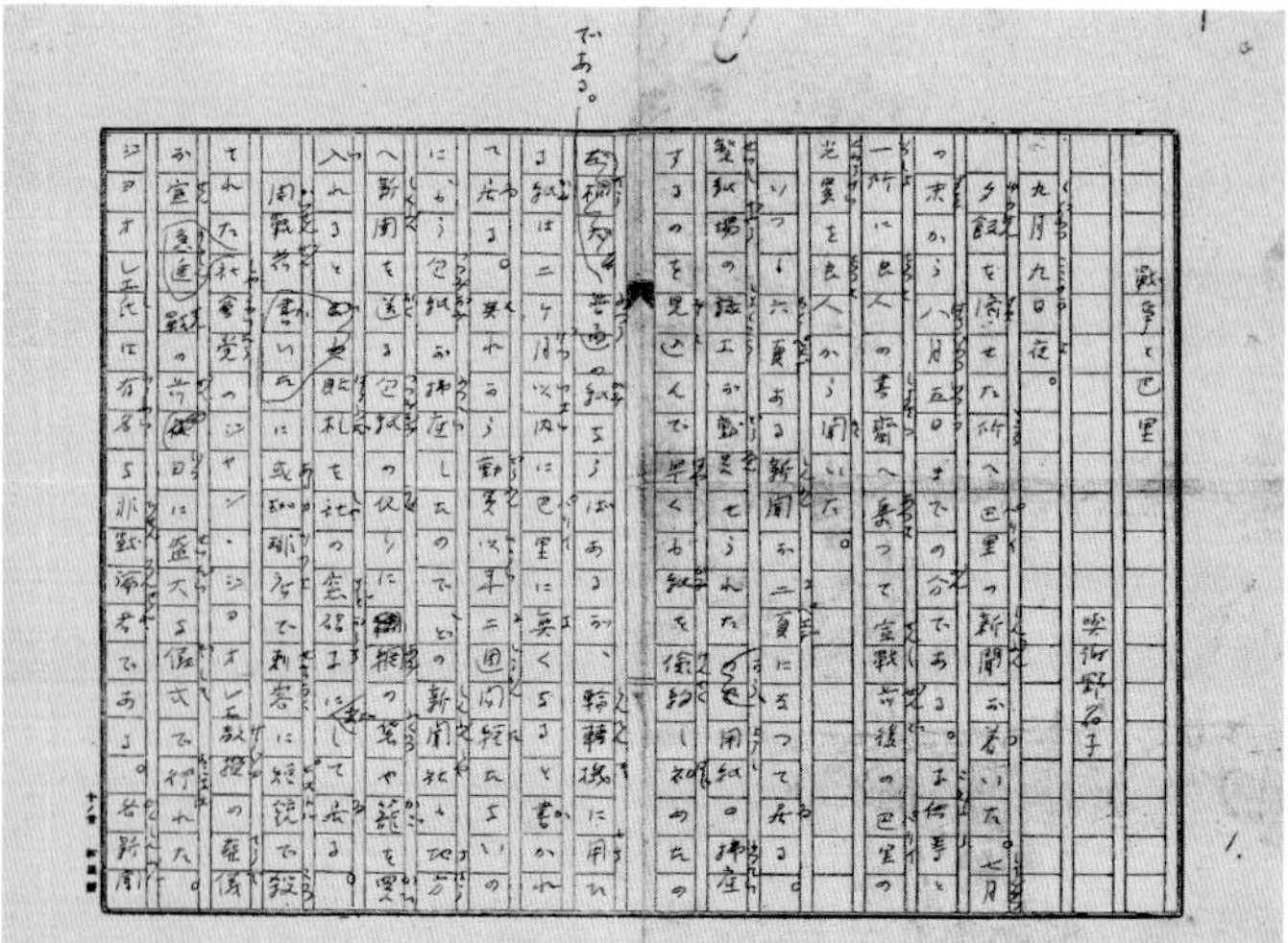


晶子自筆原稿。（著者蔵）

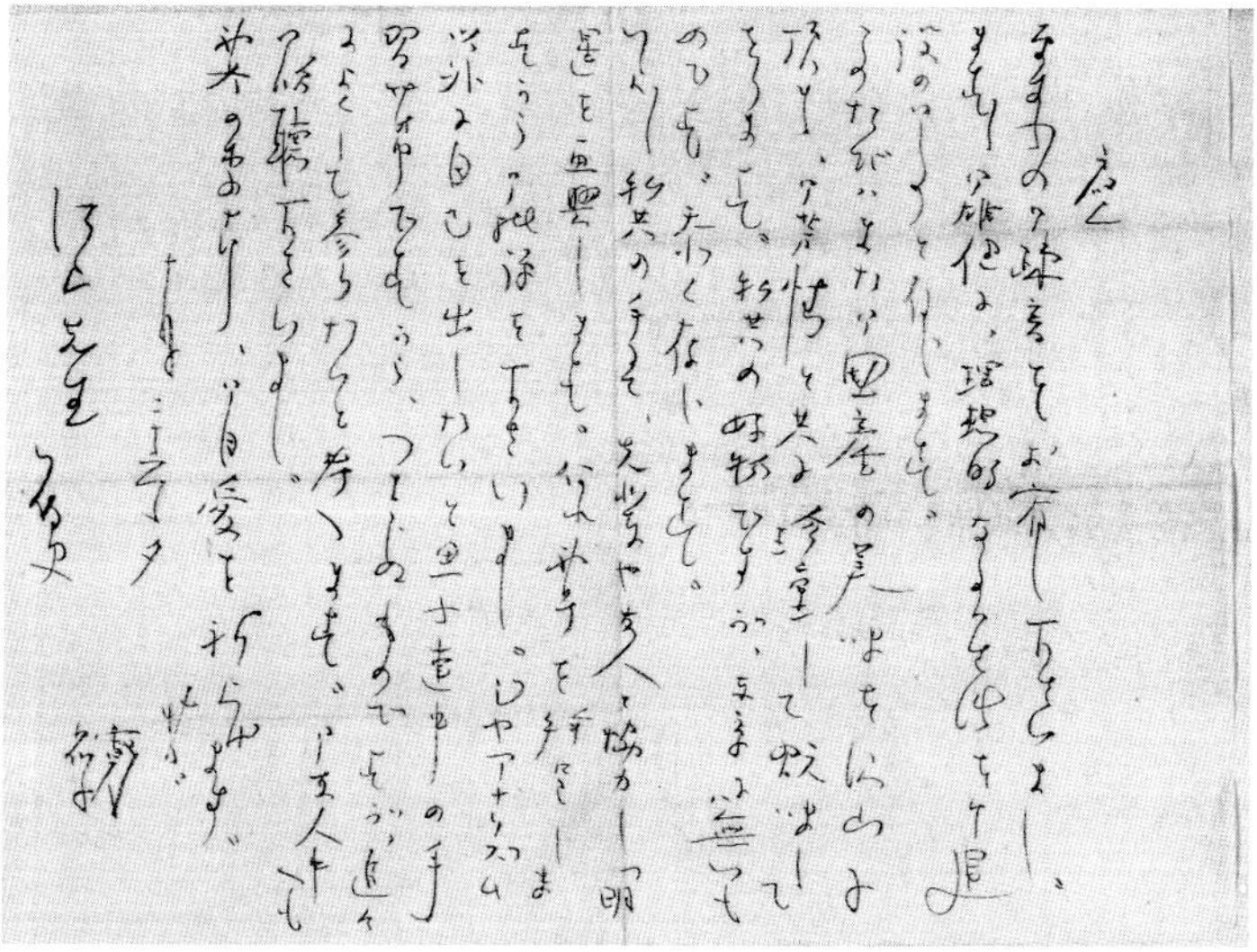

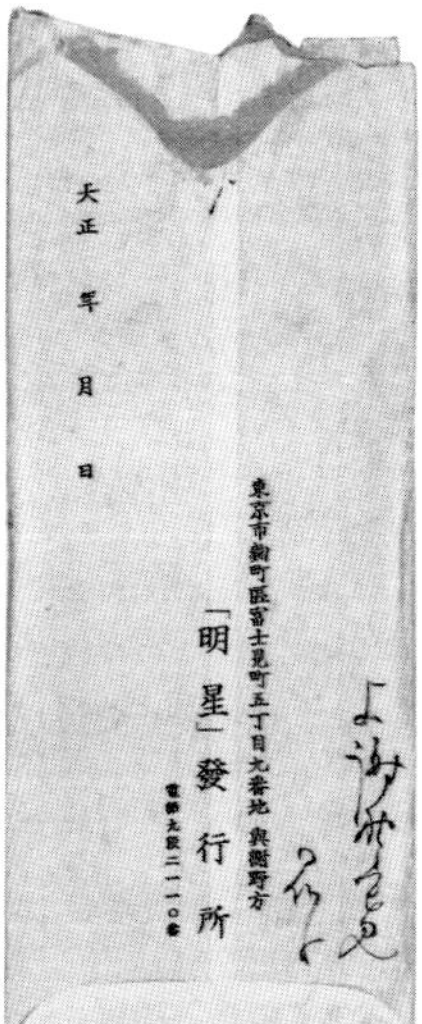


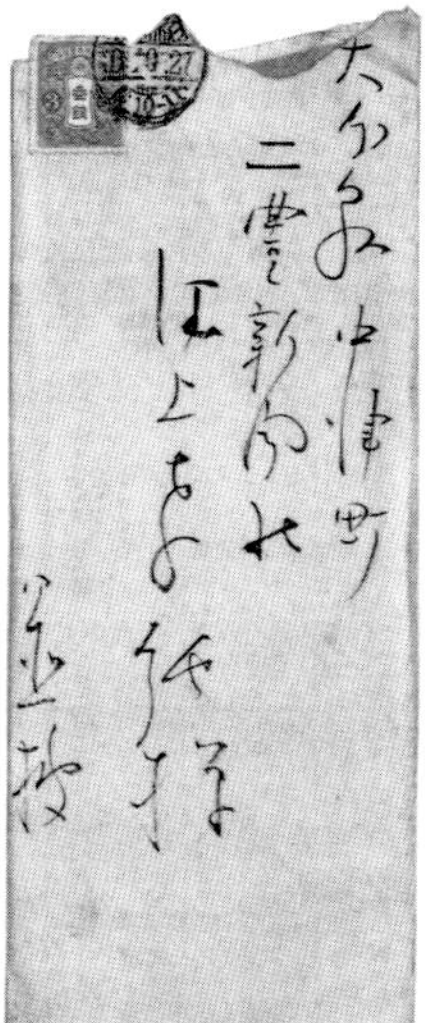

大正十年十月二十七日、江上孝純に宛てた晶子の書簡
『明星』復刊に関するもの。（著者蔵）

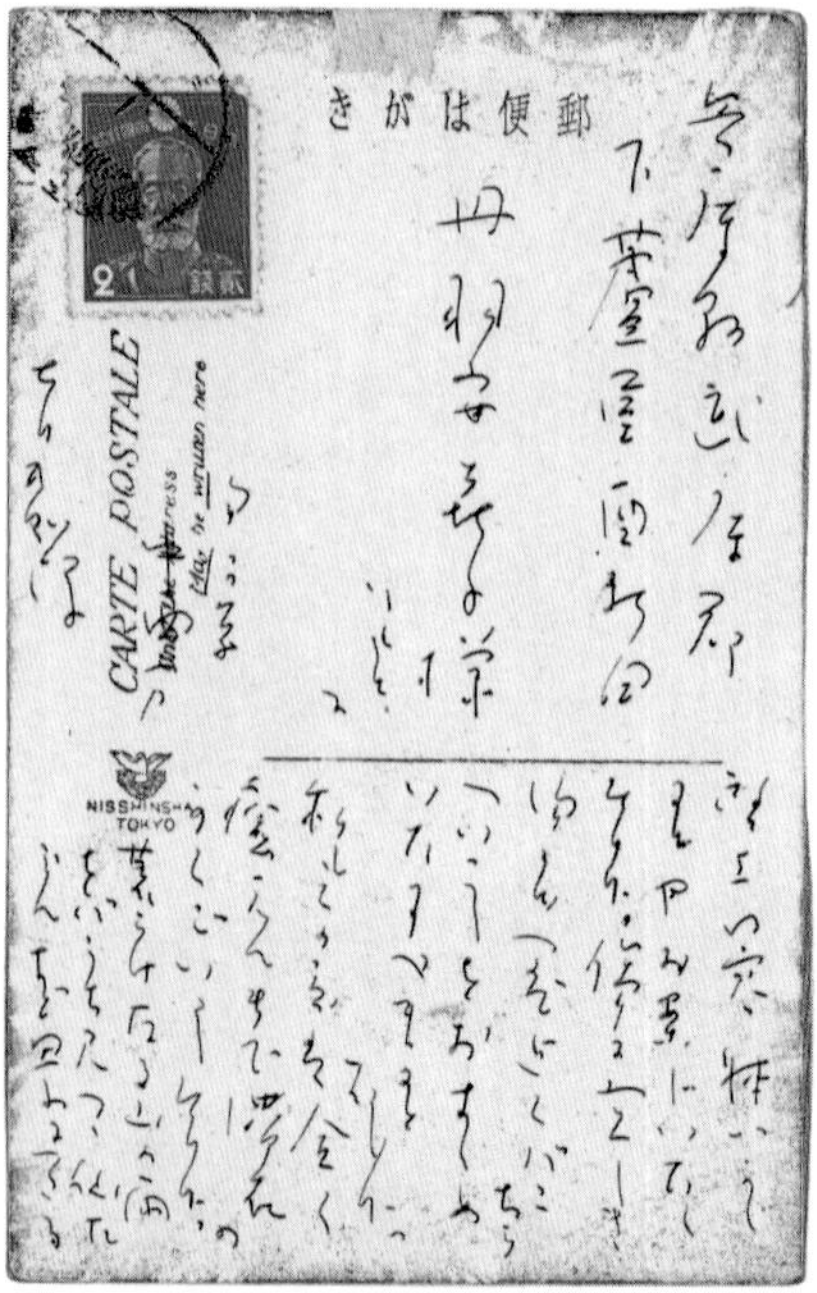

昭和十三年七月五日、静養先の湯河原から丹羽安喜子に出した晶子の絵葉書。（著者蔵）

# 序文

私は二十年間與謝野晶子と寛の研究を続けている。それも主として第二期『明星』以後の、いわば全盛期を過ぎてからの彼等にこだわっている。寛・晶子といえば『明星』、そしてその母胎となる新詩社の中心であり、とりわけ晶子の活動は日本の浪漫主義の典型として時代を超えて常に注目を集め、多くの論文に書かれている。そのことがまた「晶子即『みだれ髪』」という公式を生み出してしまっている。それに比べて第一期『明星』廃刊後の空白を経て再び世に出てから晩年に至る軌跡をつぶさに追ったものとなると際立って少ない。なかでも九州との関わりの具体的論述となると尚更である。それを何故今まで見詰めてきたのかというと、後述のように二十年前、学会では全く採り上げていない人物に対する寛と晶子の書簡を発見して入手したことも然る事ながら、スポットライトを浴びて人々の憧憬の眼差しを集めながら華やかに舞った彼等よりも、周囲からの疎外に堪えてひっそりと自己の内面を凝視して生きた姿に人間臭い素顔を見る思いがするからである。それは措くとして、與謝野寛・晶子といえば自らの内面に迸る感情を臆面もなく大胆に表出し、近代日本の文学に新しい風を吹かせた存在であることは疑問の余地はなく、したがって全盛時代の彼等の活躍は研究材料として底知れぬ魅力を秘めていることは否めない。

わが国における浪漫主義は明治二十年代から三十年代にかけて詩歌・評論・小説など文芸全般に亘って出現した思潮である。この時代の日本は政治的にも産業面でも近代国家としての体裁を整える必要性に迫られていた時期である。因みに主たる出来事を拾い上げてみると、明治二十一年（一八八八）に市制・町村制の公布、明治二十二年（一八八九）大日本帝国憲法発布、明治二十三年（一八九〇）第一通常国会の召集、明治二十七年（一八九四）清国に対して宣戦を布告、さらに下って明治三十三年（一九〇〇）には治安警察法が公布されて政治結社・集会・示威運動を規制し、加えて労働運動や農民運動の取り締まりを規定した。こうした政治の動向に比例して経済の拡大や軍事費の増大が推進され、民衆の生活は圧迫されていった。

こうした日本近代の黎明期に西欧では既にその成熟期を迎えていた。西欧において明確な形で近代精神がスタートしたのはルネサンス時代である。それに対して日本が明治維新を迎えたのは十九世紀も半ばを過ぎてからであった。そこには約五世紀もの隔りがある。この五世紀の間に出現した文化的現象はヨーロッパの人々にしてみると、まさしく生活実感に裏づけられたものである。一方の我が国の近代は民衆の意識の必然的変革から発生したものではなく、外圧による政治的必然性から生まれたところに根本的な質的差異が存する。要するに日本の場合は単なる移植であり、観念的な世界を超えるものではなかった。したがって西欧において段階的に現れた近代思潮が日本では短期間に一気に移入される結果となった。浪漫主義は既成の道徳や社会秩序に対する挑戦としての性格を有している。日清戦争の後に続いた三国干渉といった対外的な事件は日本の近代化を加速度的に推し進め、国家主義的色彩を濃くするなかで労資紛争などの社会問題が表面化していった。この現実を反映して文学的には、散文の世界におけるリアリズムが、詩歌では所謂後期浪漫主義が台頭してきたのである。そしてこの詩歌における後期浪漫派は明治三十三年與謝野鉄幹が主宰して創刊された『明星』によって頂点を極めた。彼等は「ブルジョアジイにつきものの卑俗性や、残存する半封建的な形式道徳とたたかった」（吉田精一『浪漫主義研究』）が、それは現実との命を賭けた対決ではなく、あくまでも観念の世界に入り込む形で幻想的自我を構築する結果となった。そして明治三十三年五月の『明星』第二号に晶子が「花がたみ」六首を発表してからは次第に艶麗の度を深めていくのである。しかし時代の流れは急速に変化し、現実直視の方向へと進み、自然主義文学が主役の座を代わり、やがて『明星』は孤立せざるを得なくなって廃刊へ追い込まれていった。その後の彼ら、なかんずく晶子はヨーロッパの先進性を直に体験することによって女性の自我の覚醒を促すための評論活動を始めるのであるが、いかにしても短歌への思いは断ち難く『明星』復活のために友人や知人に対するアプローチを再開するのである。この過程を通して、寛・晶子にとっての九州の位置づけが浮上してくる。そこで私は視点を北部九州に絞りながら晶子研究の未開拓分野へ踏み込むことにしたのである。書簡や新発見の資料の中から新しい寛像、晶子像を掘り起こすことができれば幸いである。

なお、本文中の引用文および短歌については使用漢字を新字体に改めて表記したことを付け加えておく。ただし、出典文の関係で改めることが不可能なものは原典どおりにしている。また、本文中に出てくる旅館や人名などの固有名詞の漢字は旧字体で表記した。

平成十三年八月

著者識

# 目次

# 第一章　寛・晶子における北九州若松の意味

――大正六年九州旅行の場合――

## 一　寛・晶子の若松訪問の経緯

与謝野寛と晶子が夫妻で九州を旅行したのは大正六年（一九一七）、大正七年（一九一八）、昭和四年（一九二九）、昭和六年（一九三一）、昭和七年（一九三二）の五回に上る。内訳を見てみよう。大正六年は博多を拠点にして日田・耶馬渓・中津を巡り、大正七年には博多・長崎・熊本各地を訪ねている。昭和四年の場合は、ややニュアンスが異なっている。この時は寛が鹿児島県から招かれたために晶子が寛と山本実彦に同行する形での旅行であった。昭和六年は再び夫妻だけで大分県別府・湯布院・宇佐・中津を歴訪、翌七年に別府・阿蘇・天草を旅行している。これらの旅行の性格を私なりに推論してみると二つのポイントが考えられる。すなわち、大正期は文学上の目的（第二期『明星』発刊への布石）がその中心に据えられていたのに対して、昭和期は二人の心の安らぎと人生を静かに振り返ることに重点を置いた旅行であると考えたい。

さて本章の大正六年の旅に視点を戻すことにしよう。大正六・七年といえば寛が明治四十一年（一九〇八）十一月の第一期『明星』終刊号巻頭の「感謝の辞」の中で「更に十年の後、製作の上に何等かの効果あらむことを期し」と述べた、その十年目に当たる。つまり、『明星』復刊への目論みの重要な結節点である。しかし財政上の問題で発刊が難航していて先きの見えない状況に陥っていた時期である。このような時期に北部九州を中心に旅行している点に私は着目したい。因みに九州における新詩社の支部活動は熊本と長崎から始まっている。したがって大正初期には『明星』系歌人である後藤是山が在住していた。福岡では特に支部としての活動はなかったものの、県南部には新詩社社友の白仁秋津（本名は勝衛）がいた。秋津は北原白秋と回覧雑誌『常盤木』を発行していたこともあり、後に『明星』同人になってから以後は與謝野寛・晶子と親交を結び、『明星』廃刊後も夫妻を師として親交を大切にしていた人物である。(1) こうしてみると、北部九州は新詩社の九州における重要な拠点としての位置を占めていたことになる。このことを背景にして大正六年の旅行に光を当ててみると北九州の若松の存在が浮上してくる。晶子は九州に到着してから大阪の小林天眠宛に次の書簡を送っている。大正六年六月十五日、若松から出したものである。

東京が恋しいのでございますか　大阪に心が残るのでございませうか。九州のさかながおほあぢなのでございませうか、私は海をわたりましてから一つのごはんを頂くことが苦痛なほどになりました。それにあまりに忙しいのでございます。今日は寺で講演会がございまして私はあいさつを（たゞそれだけです）すませてひかへしつへきて居ります。寛の声が本堂でいたします。この間に二枚よりない紙へ手紙をかゝうとするのでございます。まあかけなくなるとこまりますからうたをさきにかきます。

青海波金に摺りたる袴してわたどのに立つわが舞のして。
曲今し起らむとしてしづかなり千人《ちたり》を前におけるわがして。
小なれど芸はかしこしひざまづく千万人におのれ代りて。
鼓よしいみじくきよき猩々が波の上をばゆら〳〵とゆく。
初夏や鼓と笛を父母になして舞ふ子を子にもちてまし。
このしてをたゝふることばもつ人は金の字をしてかけと掟てむまへによみましたので覚えて居りますのは
たのしとは浪華にきたり今日しりぬ君が少女の舞ひ給ふため
つねの日は后がねとも云ひぬべし舞の舞台の若きおほきみ
夏の花なべてなびきぬうつくしき舞台の君の面づかひに
少女子が舞の袂をかへす時紫の雲立つとおもひぬ
少女子が舞のおもてにかざさるゝ金の扉とわれもならましなどだけでございます　六甲山にはたしか草稿がございます。えんぜつがすみました。奥様によろしく。
はやくかへりたいと思ひますが二十四日くらゐになるでせうか。(2)

晶子

小林様

封筒に「六月十五日　夕　若松市にて」と書いてある。ところが若松訪問は実は当初の予定にはなかった行程だと思われる。何故に予定外の行動と判断するかといえば、それは東京出発前（大正六年五月十八日）に寛が白仁秋津に宛てた書簡によって明白である。

啓上

久しく御無沙汰申上候。ますます御雄健と存じ候。

さて唐突ながら　ふと思ひ立候まゝ荊妻と共々（小児一人を伴ひ）本月下旬より六月七八日までの間ニ御地方まで一遊致度と存じ候。時日の余裕無之候につき　久留米あたりまでまゐりて引返し　耶馬渓へ一寸まゐりたしと考へ申候。就てハ之を機として少しく揮毫を試み（両人にて）御地方の希望者に頒ちて多少の旅費を作りたく候。然るに御地方の有力者中貴下を除きて一人も知己無之候。何卒貴下に於て福岡県下の同好者へ御勧誘の労をお取り下さるまじくや。右御相談申上候。馬関海峡を渡り候は大抵本月末日か六月一日と存じ候。途中山口県徳山の仲兄のもとに一泊してそれより博多へ直行致すべく候。

電話にて打合せおき　大兄とは大牟田駅あたりで御目に懸りたく候。

右ハ甚だ勝手がましき事に候へども貴下の御都合如何にぞや。伺上候。
荊妻よりも右よろしく御取計ひ下さるやう御願申上候。
久々お目に懸り得ることを楽み申上候。

艸々敬具

五月十七日

寛

白仁雅兄

御侍史

追伸
御友人中へは「与謝（ママ）野夫妻の来遊を機とし　二氏の揮毫を右の規定に由りて頒ちたきに由り、貴下のお宅若くは博多の旅館○○まで申込まれたし」と御吹聴被下度候。規定を作り置き候方便利と存じ候間左のごとくに御含みおき被下度候。

一、短冊一葉　壱円卅銭也
一、扇面　同上
一、半折　六円也
一、全紙　八円也

一、式紙　　　弐円也
一、懐紙　　　四円也
一、二枚折屏風　　参拾円也
　用紙は希望者の自弁(3)

書面に「博多へ直行」と書いてあることから考えて、若松訪問は予定外の行動であったことは明らかである。それを更に裏づけるのが、博多から小林天眠に宛てた寛の葉書である。

若松市に二泊し、それより当地ニ参り申候。雨天ながら見物を致し居り候。十九日にこゝを立ちて引返し伊田炭坑を観て中津町に向ひ耶馬渓に向ふ予定に御座候。皆様へおよろしく。
十八日　　よさのひろし(4)

福岡百景絵葉書に書かれたもので、消印は「福岡6・6・18」となっている。「当地」とあるのは無論博多である。もうひとつ寛の日記を引用しておこう。

猩紅熱を病み、之がために三年来の喘息頓に癒ゆ。此夏、晶子と四男アウギユスト(5)を伴ひ、摂津六甲山の苦楽園に遊び、更に備前の和気郡伊里村に正宗敦夫君を訪ひ、岡山を観、九州に遊びて、若松・博多・日田・耶馬渓・中津を経て、帰途周防徳山に仲兄を訪ひ、再び摂津六甲の苦楽園に滞在して帰京す。此行に博多にて加野宗三郎君の宅に数泊し、日田へは筑後の白仁秋津君、加野君と共に東道せられ、加野君は引返されたるも、白仁君は耶馬渓と中津に同行せられ、門司に到つて別れ去れり。中津にては江上孝純君及びその交友諸君と知る。晶子の第十四歌集「晶子新集」及び従来の歌を三冊に自選したる「晶子短歌全集」出づ。(6)

旅行前の東京からの白仁秋津宛書簡と九州から大阪に出した寛と晶子の小林天眠宛書簡及び寛の日記とを比較してみると確かに部分的な旅程の変更が見られる。秋津宛書簡では往路に立ち寄ると書いてある徳山には復路に訪ねているが、それは当初予定された行程の中に入っている。しかし若松だけは秋津宛書簡には入れてなくて、明らかに急遽加えられた行程であることが分かる。しかも博多へ行く前に訪ねている。若松には、田川に足を運んだときに所謂石炭ルートで足を伸ばしたという見方も可能であるが、それは手紙の日付が符号しない。

寛夫妻が博多到着後に田川を訪問したのは当時三井田川坑主任の地位にあった小林寛の招きによるものであった。小林寛と與謝野寛が交友関係を結ぶ切っ掛けとなったのは、明治四十四年（一九一一）十一月與謝野寛が渡欧したときに偶々石炭事情視察の目的で渡欧中の小林と熱田丸船中で一緒になり、同じ「寛」という名前のために意気投合したことであった。その意味では與謝野夫妻にとって田川訪問は文学活動とは離れての気楽なものであっただろうし、小林と與謝野寛との繋がりを考えると伊田立坑見学は東京出発前から與謝野の計画の中に入っていたと見るほうが妥当であろう。然るに若松での印象は前掲の晶子の書簡といい、次に引用する晶子の手記といい、九州第一歩の印象としては決して好い印象のものではなかった。その点から見ても若松訪問が予定外の行程であったと考えられる。

私は旅行から帰つて来ました。平生あまり門外にも出ない私が四十余日のあひだ家を明けて、まだ神戸から以西を知らなかつた私が北九州まで行つたと云ふことは、私に取つて一つの珍しい経験をしたのでした。さうして暫く休んで居た「太陽」のこの欄に再び筆を執ることになりましたが、此度は旅中の感想を少しばかり述べたいと思ひます。

今日私達の頭には官尊民卑と云ふ思想を少しも持つて居りません。官公吏はすべて民衆の中から選ばれて民衆の社会生活を自由にし幸福にする為めの機関に従事する公僕に外ならないと信じて居ります。併し地方へ行くと之と反対の思想を標示《(ママ)》した事実が驚く程多く目に附きます。

—中略—

門司市の海岸に於て、私達は碇泊中の軍艦を縦覧させることに就て「某艦の拝観」と市の当事者が掲示して居るのを目撃しました。国民は国民の建造した軍艦を拝観せねばならないのです。都会では「縦覧」と平易に書く所も地方へ行けば「拝観」とまで厳めしく官尊民卑的に取扱はれて居ります。

―中略― 私の滞在した若松市の旅宿などは部屋の隅々まで煤が舞ひ込んで、顔も手足も着物も気味悪く油ぎつて黒くなり、慣れない私は一日に幾回となく顔を洗つたり、足袋を穿き替へたり、手巾を新しくしたりせずには居られませなんだ。之は若松市自身の煤ばかりで無く、対岸の八幡や枝光から風に吹かれて来る濛々たる煤煙と煤との為めであるのです。私は若松市の紳士大島虎吉さん御夫婦に案内されて、氏の持船の一つであるランチに乗つて若松の港内を観て廻りましたが、八幡若松両岸の何れを眺めても陸には石炭が山を成し、煙突と起重機が林立し、港には和洋両様の形をした石炭船が密集して居て、地はあらゆる機関、汽笛、鋼鉄の機械、車輪、鉄槌の音を挙げ、天は太陽の光を暗澹たらしめるまでに煤と煤煙とを漲らして居ります。目鼻にも口にも煤が入るので慣れない私達は風の吹く方に向いては殆ど正視することが出来ませなんだ。之が此地方の日常生活の外景であるのです。さうして此地の人々は大して之を苦にする気色もありません。

其うへ概して此地方の衣食住の生活は不潔と不衛生とが著しく目に附きます。私達は東京に居れば都会生活の下級に属する者ですから都会趣味の高い人々から野人扱ひにせられて居るのですが、其れでも九州へ来て見ると、私達もまた可なり都会人らしい習性を持つて居て、地方の人達から甚だしい我儘とも、贅沢とも、病癖とも非難せられる程に、衣食住の不潔と不衛生と粗野とを気にすることの過敏なのに我ながら驚かれるのでした。例へば食事をしても、其調理の地方的なことよりも食器のすべてに微《かす》かながら一種の悪臭があるのに先づ不快を感じて、如何に目をつぶつて努力しても食物が喉を通らないやうな事が屢々ありました。

―中略―

併し石炭の輸出と石炭の便宜を利用する大小の諸工場とに由つて戦争を機会に法外な発展を成しつゝある是等の産業都市に住んで居る多数は、其等の事に不快を感じるよりも当面の実利を収めることが急なので、其外の事は姑く顧みる遑が無いと云ふ風をして、煤や煤煙を浴びながら、低級な衣食住の趣味に我慢しながら、側目も振らずぐんぐんと活動して居ります。その生活は粗野で唯物主義的たるを免れませんけれども、其中に「先づ何よりも単に生きようとする」本能的な旺盛猛烈な力が溢れて居るのを感じます。都会人は「善く生きようとする」感情と理知との方面に偏倚して居る代りに、却てこの人間の本質的な「先づ何よりも単に生きようとする意志の力」を弱めて居る気味があります。私は福岡県に於ける産業都市の生活の外景を観て一面に不快と不満とを感じながらも、また一面に新興の生活の潑剌と心強さとに昂奮し驚歎しないで居られませなんだ。それは先年巴里に於て初めて未来派の絵画と云ふものを観た時の心理に宛ら似て居

ります。(7)

—後略—

文章に登場する大島虎吉という人物は当時の若松運航合資会社の無限責任社員(現在の社長に相当する役職)の傍ら石炭仲買問屋業を営み、更には共同火災・千代田火災・日本徴兵火災・千代田生命の各保険会社代理店をも経営する、いわば地元の地名士の一人であった。著名な歌人夫妻に、発展する若松の鼓動を実感してもらおうと腐心したことが分かる。ところが彼の思惑とは裏腹に晶子は煤煙と油煙に汚れた街と、そこに働く労働者たちの姿を自らの生活感覚とは懸け離れた世界と感じて文学的感興も湧かなかったようである。彼女が若松で詠んだ歌をまったく発表していないことが何よりもそれを雄弁に物語っている。

## 二　先進都市としての若松の姿

ここで大正六年前後の若松について概述しておこう。若松が市制を施行したのは大正三年(一九一四)四月一日である。この年は第一次世界大戦が勃発した年でもある。この戦争には日本は連合国の一員として参戦したのだが、直接軍事行動に出ることなく、主として軍需物資や生活用品を連合国に輸出したことで、四年間で著しい貿易の伸びを示し、開戦当初十一億円の債務国であったのが大正九年（一九二〇）には二十七億四千万円の債権国に急成長したのである。本大戦は大正三年七月にオーストリアがサラエヴォ事件を切っ掛けとしてセルビアに宣戦をしたためにセルビアを後援するロシアに対抗してドイツが三国協商側のロシア・フランス・イギリスなどと戦端を開き、最終的にイタリア・ベルギー・アメリカ・日本が三国協商側に付いたことによって起こった戦争である。日本は同年八月にドイツに対して宣戦布告して大戦に参加した。晶子はこの時の心情を詩に詠んで大正三年八月十七日付の読売新聞に発表している。

戦争

大錯誤《おほまちがひ》の時が来た、
赤い恐怖《おそれ》の時が来た、
野蛮が濶《ひろ》い羽を伸《の》し、
文明人が一斉に
食人族の仮面《めんき》を被る。

ひとり世界を敵とする、

日耳曼人《ゲルマンじん》の大胆さ、
健気さ、しかし此様な
悪の力の偏重が
調節されずに已《や》まれよか。

いまは戦ふ時である、
戦嫌ひのわたしさへ
今日此頃は気が昂《あが》る。
世界の霊と身と骨が
一度に呻く時が来た。

大陣痛の時が来た、
生みの悩みの時が来た。
荒い血汐の洗礼で、
世界は更に新しい
知らぬ命を生むであろ。

其れがすべての人類に
真の平和を持ち来《きた》す
精神《アアム》でなくて何んであろ。
どんな犠牲を払うても
いまは戦ふ時である。

更に晶子は評論でもこの戦争に対する女性の意識の覚醒を促している。

## 戦争と巴里

與謝野晶子

九月九日夜《くぐわつここのかよ》。

夕飯《ゆうはん》を済《すま》せた所へ巴里《パリイ》の新聞《しんぶん》が着《つ》いた。七月《しちぐわつ》の末《すゑ》から八月五日《はちぐわついつか》までの分《ぶん》である。子供等《こどもら》と一所《いつしよ》に良人《をつと》の書斎《しよさい》へ集《あつま》つて宣戦前後《せん〱ぜんご》の巴里《パリイ》の光景《くわうけい》を良人《をつと》から聞《き》いた。

いつも六頁《ろくペエヂ》ある新聞《しんぶん》が二頁《にペエヂ》になつて居《ゐ》る。製紙場《せいしぢやう》の職工《しよくこう》が動員《どうゐん》せられたから、用紙《ようし》の払底《ふつてい》するのを見込《みこ》んで早《はや》くも紙《かみ》を倹約《けんやく》し初《はじ》めたのである。普通《ふつう》の紙《かみ》ならばあるが、輪転機《りんてんき》に用《もち》ひる紙《かみ》は二ケ月以内《げついない》に巴里《パリイ》に無《な》くなると書《か》かれて居《ゐ》る。其《そ》れから動員以来《どうゐんいらい》二週間《にしうかん》経《た》たないのに、もう包紙《つつみがみ》が払底《ふつてい》したので、どの新聞社《しんぶんしや》も地方《ちはう》へ新聞《しんぶん》を送《おく》る包紙《つつみがみ》の代《かは》りに網《あみ》の袋《ふくろ》や籠《かご》を買入《かひい》れると書《か》いた貼札《はりふだ》を社《しや》の窓硝子《まどがらす》に出《だ》して居《ゐ》る。

開戦前《かいせんぜん》に或珈琲店《あるカツフエ》で刺客《せきかく》に短銃《ピストル》で殺《ころ》された急進社会党《きふしんしやくわいたう》のジヤン・ジヨオレエ教授《けうじゆ》の葬儀《さうぎ》が宣戦《せんせん》の前日《ぜんじつ》に盛大《せいだい》な儀式《ぎしき》で行《おこな》はれた。ジヨオレエ氏《し》は有名《いうめい》な非戦論者《ひせんろんしや》である。各新聞《かくしんぶん》は悲壮《ひさう》な哀悼辞《あいとうじ》を掲《かゝ》げて、言《い》ひ合《あは》せた様《やう》に来《きた》るべき戦争《せんさう》の第一《だいいち》の犠牲者《ぎせいしや》だと云《い》つて居《ゐ》る。葬場《さうぢやう》で首相《しゆしやう》のヸヸアニイ氏《し》が述《の》べた哀悼演説《あいとうえんぜつ》が激越悲壮《げきえつひさう》を極《きは》めて居《ゐ》て、「君《きみ》の渇望《かつばう》した平和《へいわ》は明日《みやうにち》の戦争《せんさう》に由《よ》つて必《かなら》ず欧州《おうしう》の上《うへ》に齎《もたら》すことを誓《ちか》ふ」と云《い》つて居《ゐ》る。

宣戦前《せん〱ぜん》から巴里附近《パリイふきん》にある軍団《ぐんだん》の大兵《たいへい》が続々《ぞく〱》と国境《こくきやう》へ送《おく》られるので、東《ひがし》の停車場《ステエシヨン》への通路《つうろ》であるオペラの裏《うら》のラフワエツト通《どほり》は兵士《へいし》と見送人《みおくりにん》とで充満《いつぱい》になつて居《ゐ》る。秘密主義《ひみつしゆぎ》の国柄《くにがら》でないから、宣戦前《せん〱ぜん》に既《すで》に巴里《パリイ》の街《まち》はどの軒《のき》もどの窓《まど》も三色旗《さんしよくき》を出《だ》して居《ゐ》る。女子供《をんなこども》の帽《ぼう》にも胸《むね》にも三色旗《さんしよくき》の小《ちひ》さなリボンを着《つ》けて居《ゐ》る。騎兵《きへい》や自動車《じどうしや》が忙《せは》しく行《ゆ》き交《ちが》ふ傍《かたは》ら、人道《じんだう》の上《うへ》を通《とほ》る人人《ひと〴〵》も皆忙《みなせは》しく急《いそ》ぎ足《あし》に行《ゆ》き交《ちが》ふのであるが、四十余年前《よねんぜん》の恨《うらみ》を報《むく》ゆる為《ため》に待《ま》ち構《かま》へて居《ゐ》た戦争《せんさう》とは云《い》へ、突発《とつぱつ》した一国《いつこく》の一大事《いちだいじ》に誰《たれ》も不安《ふあん》の色《いろ》を浮《うか》べて無言《むごん》で歩《ある》いて行《ゆ》く。

在留《ざいりう》の独逸人《ドイツじん》は宣戦前《せん〳〵ぜん》に太抵退去《たいていたいきよ》したが、残《のこ》りの者《もの》は宣戦《せん〳〵》の当日《たうじつ》に官憲《くわんけん》の手《て》で国境《こくきやう》へ送《おく》られた。巴里《パリイ》の珈琲店《カツフエ》や旅館《りよくわん》や飲食店《レスタウラン》の給仕《ギャルソン》には独逸人《どいつじん》が多《おほ》かつたから俄《にはか》に差支《さしつか》へる其等《それら》の家《いへ》が多《おほ》い。祖先《そせん》が独逸系《どいつけい》である為《ため》に独逸《どいつ》の名《な》を附《つ》けて居《ゐ》る仏蘭西人《フランスじん》は蒼皇《あわ》てて改名《かいめい》するやら、店前《みせさき》に書《か》いた名《な》を塗替《ぬりかへ》るやう、仏蘭西人《フランスじん》である証明《しようめい》を警察《けいさつ》から貰《もら》ふやらして居《ゐ》る。

宣戦《せん〳〵》の日限《ひかぎ》りどの芝居《しばゐ》も閉鎖《へいさ》した。其晩国立劇場《そのばんこくりつげきぢやう》のフランス座《ざ》ではモリエエル物《もの》を演《えん》じた後《あと》で、老優《らういう》のムネ・シユリイが女優《ぢよいう》のボギイと一所《いつしよ》に国歌《こくか》のマルセエユウズを歌《うた》つて勝利《しようり》を祈《いの》つたが、その写真《しやしん》が新聞《しんぶん》に載《の》つて居《ゐ》る。

宣戦前《せん〳〵ぜん》から篤志看護婦《とくしかんごふ》の臨時《りんじ》見習所《みならひしよ》が各所《かくしよ》に開《ひら》かれ、どの見習所《みならひしよ》も応募者《おうぼしや》で一《いつ》ぱいになつて居《ゐ》る。政府《せいふ》は若《わか》い女優《ぢよいう》を悉《ことごと》く看護婦《かんごふ》に採用《さいよう》して、一週間《いつしうかん》の速成教習《そくせいけうしう》を卒《を》へた者《もの》を続々《ぞく〳〵》汽車《きしや》へ自動車《じどう しや》で他《た》の貴婦人《きふじん》や一般《いつぱん》の篤志看護婦《とくしかんごふ》と一所《いつしよ》に国境《こくきやう》の戦地《せんち》へ送《おく》つて居《ゐ》る。女優等《ぢよいうら》は我《われ》も我《われ》もと争《あらそ》つて看護婦《かんごふ》に採用《さいよう》せられることを熱望《ねつばう》し、選《せん》に洩《も》れた者《もの》は皆口惜《みなくや》しがつて居《ゐ》る。女優《ぢよいう》を看護婦《かんごふ》に採用《さいよう》するのは流石《さすが》に仏蘭西《フランス》らしい仕方《しかた》である。舞台《ぶたい》で名《な》を知《し》られた美《うつ》くしい女優《ぢよいう》が赤十字旗《せきじふじき》の下《もと》で活動《くわつどう》することは、どんなに傷病兵《しやうびやうへい》の慰安《ゐあん》になるか知《し》れないと想《おも》はれる。

動員令《どうゐんれい》が下《くだ》つた日《ひ》から巴里《パリイ》の金融《きんゆう》が俄《には》かに引緊《ひきしま》つた。物価《ぶつか》はまだ日本《にほん》の商人《しやうにん》の様《やう》に邪慳《じやけん》に昂《あ》げて居《ゐ》ないが、金貨《きんくわ》と銀貨《ぎんくわ》でなくては買物《かひもの》が出来《でき》ない、紙幣《しへい》が全《まつた》く通《つう》じなくなつて居《ゐ》る。銀行《ぎんかう》が紙幣《しへい》の両換《りやうがへ》を停止《ていし》して金銀貨《きんぎんくわ》を出《だ》し渋《しぶ》るからである。

仏蘭西《フランス》は人口《じんこう》の少《すく》い関係《くわんけい》から太抵《たいてい》の男子《だんし》を兵役《へいえき》に採《と》つて居《ゐ》るので、動員《どうゐん》と共《とも》に六十歳以下《さいいか》の男子《だんし》は殆《ほとん》ど巴里《パリイ》に居《ゐ》なくならうとして居《ゐ》る。殆《ほとん》ど女子供《をんなこども》ばかりが巴里《パリイ》に残《のこ》るのである。巴里《パリイ》の女《をんな》は皆一時《みないちじ》非常《ひじやう》な恐怖《きやうふ》に襲《おそ》はれたが、出征《しゆつせい》の男子《だんし》を見送《みおく》り、愈〻《いよ〳〵》宣戦《せんせん》の布告《ふこく》を見《み》るに到《いた》つて、反対《はんたい》に非常《ひじやう》な勇気《いうき》を生《しやう》じ、家《いへ》にあつて男子《だんし》を後援《こうえん》する責任《せきにん》の偉大《ゐだい》なことを自覚《じかく》した。女権主義《ぢよけんしゆぎ》の婦人等《ふじんら》が新聞《しんぶん》に寄書《きしよ》して頻《しきり》に軍国《ぐんこく》の婦人《ふじん》の責任《せきにん》を一般婦人《いつぱんふじん》に警告《けいこく》し、四十年前《ねんぜん》の敗戦以来《はいせんいらい》仏蘭西婦人《フランスふじん》が勤労《きんろう》と節倹《せつけん》とを以《もつ》て仏蘭西《フランス》今日《こんにち》の富力《ふりよく》を蓄積《ちくせき》し、今次《このたび》の復讐戦《ふくしうせん》に財力《ざいりよく》に於《おい》て後顧《こうこ》の憂《うれひ》なからしめて居《ゐ》るが、敵国《てきこく》を潰滅《くわいめつ》せしめる迄《まで》は長《なが》い時《とき》を経《へ》ねばならぬし、更《さら》に戦後《せんご》の事《こと》を想《おも》へば、更《さら》に一層《いつそう》の勤倹《きんけん》を以《もつ》て祖国《そこく》を護《まも》るのが婦人《ふじん》の責任《せきにん》であると云《い》つて居《ゐ》る。

固《もと》より仏蘭西《フランス》婦人《ふじん》は勤勉《きんべん》と倹約《けんやく》を習慣《しふくわん》として居《ゐ》るのであるが、宣戦《せん〱》の日《ひ》から、従来《じゆうらい》自動車《じどうしや》や馬車《ばしや》を常用《じやうよう》にして居《ゐ》た一流《いちりう》の女優《ぢよいう》までが、乗合自動車《オムニブス》（一区毎《いつくごと》に賃金《ちんきん》を異《こと》にするもの）にも乗《の》らずに地下電車《ちかでんしや》に乗《の》り、加之《おまけ》に二十五サンティイム均一《きんいつ》（拾銭《じつせん》）の二等切符《にとうぎつぷ》（三等《さんとう》は無《な》い）を買《か》ふ相《さう》であるから、一般婦人《いつぱんふじん》の倹約《けんやく》の度《ど》が想《おも》ひ遣《や》られるのである。

それから国境《こくきやう》の地図《ちづ》が盛《さか》んに婦人《ふじん》の間《あひだ》に売《う》れる。どの家庭《かてい》でも婦人《ふじん》が皆立派《みなりつぱ》な地理学者《ちりがくしや》となり戦術家《せんじつか》となつて居《ゐ》ると新聞記者《しんぶんきしや》が云《い》つて居《ゐ》る。

新聞《しんぶん》には知名《ちめい》な人々《ひとぐ》の出征者《しゆつせいしや》の氏名《しめい》や告別辞《こくべつじ》などが無数《むすう》に載《の》つて居《ゐ》る。中《なか》には学者《がくしや》や芸術家《げいじつか》や、俳優《はいいう》の名《な》も多《おほ》い。どの新聞社《しんぶんしや》もどの劇場《げきぢやう》も出征者《しゆつせいしや》を出《だ》してガラ明《あ》きになつて居《ゐ》る。知名《ちめい》な詩人《しじん》が自分《じぶん》の「出陣《しゆつぢん》の歌《うた》」を公《おほやけ》にして居《ゐ》るのも少《すく》なくない。そして皆告別辞《みなこくべつじ》には「伯林《ベルリン》から帰《かへ》つてまたお目《め》に掛《かゝ》る」と云《い》つて居《ゐ》る。

夜《よる》はエツフエル塔《たふ》の上《うへ》から敵《てき》の飛行機《ひかうき》を警戒《けいかい》して、探照灯《たんせうとう》が断《た》えず四方《しはう》の空《そら》を照《てら》して居《ゐ》る。

戦争《せんさう》に就《つ》いて仏蘭西人《フランスじん》が挙国一致《きよこくいつち》で昂奮《こうふん》して居《ゐ》る祖国《そこく》の愛《あい》は非常《ひじやう》であるらしい。国境《こくきやう》に大敵《たいてき》を引受《ひきう》けたことも無《な》く、曾《かつ》て首都《しゅと》を包囲《ほうゐ》せられた様《やう》な苦《にが》い悲惨《ひさん》な経験《けいけん》をも持《も》つて居《ゐ》ない日本人《にほんじん》の我々《われ〳〵》には、到底想像《とうていさうざう》し得《え》られないことである。(8)

これは多分未発表の原稿であろうが、新聞などに寄稿する目的で書かれた可能性がある。前述の九州旅行の感想や、この評論を読むと第一次世界大戦前後の日本が近代資本主義国家としての力を蓄えつつあったことに対する当時の一般国民の昂揚したエネルギーを感じる。こうした社会情勢を享けて大戦後の若松には工場や会社、商社などが続々と進出したのである。いくつか挙げてみることにする。大正六年に三菱造船所・山下汽船若松支店・日本油脂（現在の日華油脂）・日立製作所などが、翌七年には日本板硝子などが進出、さらに金融面では同年に三井銀行若松支店、大正十二年（一九二三）安田銀行（現在の富士銀行）若松支店が開設されて都市基盤が確立されるに至ったのである。

一方、文化的な面はどうであったか。明治二十八年（一八九五）には中川通りに旭座がオープンし、柿落《こけら》としに川上音二郎一座が来演、更には島村抱月・松井須磨子らの「芸術座」も公演した。大正八年（一九一九）になると地元劇団の「新生座」が結成されて、その第一回公演で菊池寛の「父帰る」が上演されたが、因みにこれは当時としては東京に次いで我が国二番目の公演であった。このように明治末期から大正にかけての若松は、文化面においても経済面においても先進的な都市であった。

とはいえ、東京から初めて訪れた晶子にとってトータル的にはやはり労働者の町でしかなかったようである。にもかかわらず若松に逗留したのは、若松の経済力と文化的土壌が『明星』復刊を目論む晶子たちにとって重要な位置を占めていたからであろうことは容易に推察できる。

## 三　寛・晶子が宿泊した旅館および若松での二人の足跡

さて寛と晶子の若松における具体的な行動について書く前に、それを私が調査した経緯を明らかにする必要がある。冒頭にも言ったように寛と晶子の若松での足跡は現在までの研究では全くと言ってよいほど手つかずの状態である。寛や晶子の書簡および手記でも若松の大まかな様子は語られているが、それ以上は皆目分からず短歌さえ詠んでいない。晶子が若松から大阪の小林天眠に出した書簡を初めて読んだとき私は、若松と寛・晶子の関係を調査して明らかにする必要があると考えたのである。しかし学会における文献は皆無であるし、晶子の書簡に書かれてある「講演が行われた寺」の名前も分からない。加えて晶子の手記には宿泊した旅館の名前すら書いていない。どこから着手してよいか分からない状況のなかで度度調査は挫折の危機に見舞われたが、あるとき若松の郷土史家から連絡があって、手掛りらしきものが摑めそうだということで私は押っ取り刀で駆け付けた。昭和六十一年（一九八六）五月二十六日であった。もしかして寛と晶子が宿泊した旅館が特定できるかも知れないからと郷土史家と二人で北九州市若松区本町の宇都宮家へ向かった。戸畑から洞海湾を横断している若戸渡船に乗って若松側の渡場を降りて約二百メートル程歩いた場所である。この家は現当主の先代が「櫻屋」という屋号で旅館を営んでいた。現在は同じ場所に家屋を建て替えているが、調査時点の昭和六十一年は一部の改造は見られたものの、まだ昔の面影を残していた。庭を囲んで廊下がロの字形に造られた二階建てであった。旅館当時は表通りからみて左側、つまり西側に玄関があったらしいが、後にその部分は取壊されて木藤歯科医院という病院になっている。一階部分は一部アパートに改造されていて、玄関は道路に面した南側にあった。廊下や階段などは老朽化していたが全盛期の往時を偲ばせるに十分な木材が使用されていた。調査した昭和六十一年当時で築百年以上は経っていたから、あきらかに明治二十年代に建てられた旅館である。木材はすべて北海道から艀で運ばせたというから、隆盛期の若松が如何なるものであったかが想像できよう。この家は、これも同じ「櫻屋」の屋号で藩政時代から長崎街道の筑前黒崎宿（現在の北九州市八幡西区黒崎）で本陣を営んでいた家の分家として建てられた家である。本家のほうは今では完全に解体されて跡形もないが、「五卿落ち」の公家を始めとして幕末の群像が宿をとったことでも知られている。その所為で古文書などが多数所蔵されているが、分家の宇都宮家にも三条實美の書や西郷隆盛の書簡が遺されている。私たちが訪ねると当主は二幅の歌幅を出して見せてくれた。寛と晶子がこの家に贈ったものである。

右上　北九州市若松区本町、
　　旧櫻屋旅館（昭和61年）。
　　現在は建てかえられている。

左上　旧櫻屋旅館の坪庭。
　　昔の旅館の形態を残している（昭和61年撮影）。

左　　旧櫻屋旅館内部の廊下
　　(昭和61年当時)。

その岸に百万艘の船おける筑前を吹く初夏のかぜ　晶子
さくら屋といへる宿こそめでたけれ春はとこしへこゝにあるらし　与謝《ママ》野寛

そして当時宇都宮家と親交のあったのが「牧野海運」を経営する一方で地元の歌人として文化活動に熱心だった牧野藤三郎という人物であった。彼は、明治四十年（一九〇七）に與謝野寛を中心に吉井勇・北原白秋・木下杢太郎・平野萬里らが「五足の靴」と称して佐賀・長崎を旅行した際に起点となった福岡市の料亭「吉原亭」で彼らの歓迎会が行なわれたが、その会に若松からわざわざ出席したというほどである。その牧野藤三郎が主催して寛夫妻の歓迎会を兼ねた短歌会を催したということである。場所は現在のJR若松駅（筑豊本線）の近く、今は西鉄バスの駐車場になっている所であるが、その料亭の二階の広い部屋一杯に地元の同好者たちが集まったと、当時十六歳の少年で短歌会に出席した山本喜三郎という人物が証言してくれた。彼は昭和六十一年当時は八十五歳で健在であった。白仁秋津宛の寛の書簡中の「……福岡県下の同好者へ御勧誘の労……」という文面と明治四十年の牧野藤三郎と寛との出会いの二点から、私は寛と晶子が若松に立ち寄る切っ掛けを作った中心人物は牧野藤三郎であると論拠する。

第二期『明星』発行に当たっては、第一期『明星』の時とは時代的気運が違っていたこともあって裾野の拡充がより一層急務であり、また重要であった筈である。されば、勿論経済的なバックボーン

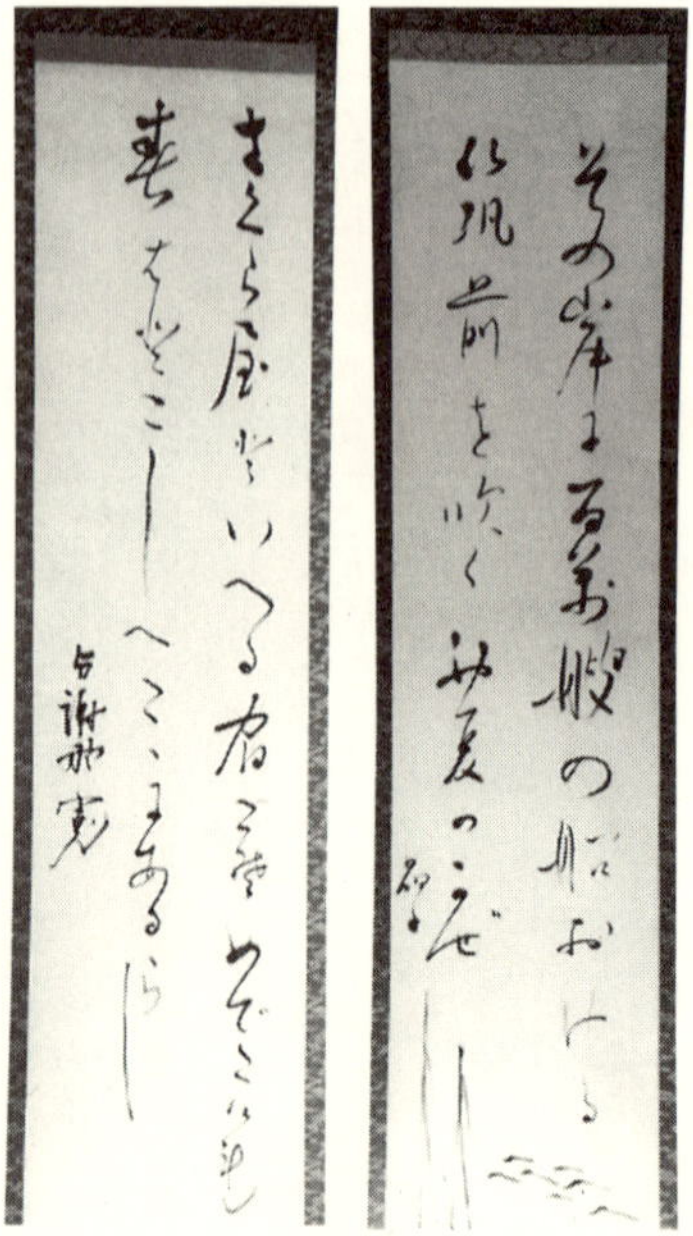

右　旧櫻屋旅館（宇都宮家）に所蔵されている晶子の書幅（昭和61年撮影）。

左　旧櫻屋旅館（宇都宮家）に所蔵されている寛の書幅（昭和61年撮影）。

ＪＲ若松駅前の西鉄バス駐車場。大正六年に寛と晶子を招いて歓迎歌会が開かれた料亭があった場所。

は固より必要条件ではあるが、それだけでは息の長い活動にはなり得ない、地方の無名な歌人の開拓を考えなければならないと寛は思ったのではないか。しかも当時の若松は、この両方の条件を備えて十分であった。そこで私は博多の加野宗三郎、大牟田の白仁秋津、大分県中津の江上孝純を三角形の頂点としてそこから裾野を拡げていこうとした大正六年の九州旅行の意味を仮説として立ててみたのである。

加野宗三郎は造り酒屋の主人であると同時に短歌も愛好していた。大正六年の旅行では寛と晶子は福岡の彼の家に寄宿している。加野と寛夫妻との出会いは資料がないので推察の域を脱しないものの、「五足の靴」の歓迎会の辺りからではないかと考えられるが、他方では大正初期に接触した、との説もある。(9)白仁秋津は本名を勝衛と言って、『明星』廃刊五年前の明治三十六年（一九〇三）に『明星』同人となり、終生寛夫妻を師として接し、寛夫妻もまた彼に全幅の信頼を寄せていた。その証拠に大牟田の白仁家には寛と晶子の書簡や葉書が多数遺されている。さらに彼は文学活動以外でも土地の有力者として活躍し、大正十二年から昭和十一年（一九三六）まで福岡県三池郡銀水村（現在の福岡県大牟田市大字岩本）の村長も務めた人物である。次に江上孝純であるが、彼は大分県宇佐郡八幡村乙女新田（現在の大分県宇佐市大字乙女）に在住して、大分県中津市に弁護士事務所を開設する傍ら「二豊新聞」を発行していた。学習院から京都帝国大学法学部に進学したが、学習院時代には吉田茂元首相と同級であったという。(10)寛と最初に出会ったのは孝純が学習院時代ではないか、と江上家では証言し

大分県中津市の江上孝純の法律事務所の置かれた家。塀は当時のままのもの（昭和61年撮影）

てくれた。社会的発言力の大きさから寛夫妻に対する物心両面に渉る強力な援助者としての役割を果たしていた。『明星』復刊後は新詩社社友として名前を連ねていた記憶がある、と寛夫妻の長男の與謝野光氏は手紙で語ってくれた。「ジヤアナリズム以外に自己を出したいと思」[11]う人々が中心となって復刊された第二期『明星』であることを考えれば、その裾野拡大のためにはやはり加野宗三郎・白仁秋津・江上孝純を軸として、その同心円上に登場する牧野藤三郎が寛と晶子を若松に招聘した中心的人物であったと私は考えたい。とりわけ白仁秋津と牧野藤三郎との線が最も有力な仮説であるといえる。秋津と寛夫妻とは直接的な師弟関係にあった点で文学上の助力を提供しやすかったという点から牧野とのコンタクトも得やすかったのではないだろうか。

もう一つ、田川・若松ラインの所謂石炭ルートによって小林寛が大島虎吉に與謝野夫妻を紹介して若松訪問が実現したという視点も可能でないこともないが、博多から小林天眠に宛てた與謝野寛の書簡からも明白なように日程的にずれが見られる上に、経済的な側面と同時に文学上のメリットがなければ、余り感興の湧かない若松に当初の予定を変更してまで訪ねる理由は考えにくい。やはり私は、與謝野寛と晶子の大正六年の九州旅行の主目的は白仁秋津らに会うことによって『明星』復刊への伏線を敷くことであったと判断する。したがって牧野藤三郎は会社を経営しながらの短歌に対する造詣の深さという点から、與謝野夫妻を若松に招いた中心人物であったと考えるほうがより自然であろう。

## 四　『明星』復刊までの経緯と若松の位置づけ

大正六年といえば、明治四十一年の『明星』百号の「感謝の辞」に「……但し『明星』は廃刊すと雖、予が詩人としての志は、既往より当来に渉り、宛ら一条の鉄のみ、更に十年の後、製作の上に何等かの効果あらむことを期し、以て大方より受けたる高義の万一に報ぜむと欲す。」（傍点は引用者）と書いてから丁度十年を経過していた。しかるに文学的再起は目途さえ立っていなかった。それゆえに『明星』復刊への執着と焦躁は相当なものであったにちがいない。寛は、これより前の大正二年（一九一三）に白仁秋津に宛てて次の書簡を送っている。

啓上

御懇書を拝し御芳情に感激致候。御多繁の中に意外なる私事のため御配慮を煩し恐縮に存じ候。

さて明年に相成り候てもよろしく候間自然御志望の好事家有之候はゞ御周旋願上度候。併し是非御配慮を乞ふべき性質のものに無之候ゆゑ右御含みおき願上候。若し偶然に御話の節に誰かへ御相談ごと候はゞ□□候。雑誌を小生が発刊致すことは或事情のため見合申候。御健勝に御越年を祈上候。都門は既に炬燵を要し候ほど夜中は寒く候。南国の冬を遠くお羨申上候。

艸々

十二月十四日　　　　　　寛

秋津雅兄
御直(12)

書簡の中にある「雑誌」というのは『明星』であることは疑いない。寛は、この一箇月前にも小林天眠に宛てて書簡を書いている。

啓上　御高書を謝し奉り候。匆々としてお別れ致す事が癖となり却て余情の深きを感ぜざるにあらず候。さて本日巴里よりの来書によれば例のラミイ事件は権利を八万円にて売り且つ株の一割を発明者にて所有すべし、併し此約束ハ本年内にあらざれば友人内藤氏との話は断絶致す契約に候。就ては猶御心当りも候はゞ一応御相談願上候。次のあの事を認めある内藤氏よりの手紙が御手元に有之候はゞ折返し御送附被下度候。実は東京方面の人にも話して見たく候処あの手紙に認めありしラミイ製造法を忘れ候故委しき事を話しかね候。此頃小生に雑誌を経営せよと勧むる人有之いかゞ致さんかと惑ひ候。五千円以上の資本なくては積極的に売れる雑誌（政治、学術、文学を含める）は出来がたしと存じ候。併し小生も何とか自分の舞台が欲しく候故小生が望む丈の資本主があれば再挙を試みたしとも存じ居り候。猶篤と熟考致すべく候。御夫人様へよろしく御伝へ願上候。

艸々

四日　　よさの、ひろし

小林大兄　御直

九月廿五日頃の「大阪朝日」に右のラミイ製造の内藤氏の通信が掲載され居る由に候。該新聞がお手に入り申すまじくや[13]（傍点は引用者）

大正二年十一月四日の書簡である。財政的な窮状を訴え、容易に機の熟さない焦りの気持ちが吐露されているように思われる。『明星』の将来を托すべき若い詩人たちが次々と袂を分かち、四面楚歌の中で無念さを託《かこ》ちながら廃刊を決意せざるを得なかった寛にとって『明星』の復刊は悲願であったし、それは晶子にとっても同じであったにちがいない。しかし資金調達も捗捗《はかばか》しくなく、加えて家計は晶子の著述に頼る状況で寛の苛立ちは時に大きく噴出することもあった。大正六年の九州旅行における若松訪問はこうした情況の下に位置づけられると考えたい。

序文で書いたように、與謝野寛・晶子と若松との関わりという視点から具体的に論じた研究は全くと言ってよいほど白紙の状態である。それに対して私が何故ターゲットを置いたかというと、無論私自身が北九州に在住しているために調査しやすいことも然る事ながら、寛の日記や小林天眠宛の彼らの書簡に若松の地名が出てくるにもかかわらず、研究者の誰もが見向きもしないことに逆に興味を覚えたからである。ところが調査研究には、学会ではマイナーな分野であるために資料が乏しいという困難があった。

北九州市若松区本町　旧櫻屋旅館の隣にある「善念寺」。山門に向かって左側の家が旧櫻屋旅館。※大正六年寛が講演会を開いた寺は、この寺である可能性が高い（昭和61年撮影）。

さて、寛夫妻を予定を変更してまでも立ち寄らせた若松の都市基盤の成立過程をもう少し明らかにしておく。初めは筑豊の石炭を遠賀川の水路で若松へ運搬していたのだが、明治二十三年（一八九〇）に若松築港会社が設立されて石炭積み出し港としての機能が飛躍的に高められた上に、翌二十四年（一八九一）筑豊興業鉄道（現在の筑豊本線の前身）が開通したことによって若松と直方の間の石炭運搬量が増大して若松は急速に都市機能を充実させていくことになる。因みに、若松に電気が通ったのが明治三十一年（一八九八）、上水道が引かれたのが明治四十四年であった。電気に関しては北九州で最初であった。若松より二年遅れて小倉に電気が通り、さらにこの二年後に門司に電気がついたことを考えると、これは驚異的に早い。また、上水道が若松に敷設されたのは九州では長崎に次ぐもので、この時はまだ福岡市にはなかった状況である。このように都市基盤が確立すると人の流れは頻繁になり、物と人の一極集中は文化的活動をも盛んにすることは現代の都市の姿を見ても明白である。これらの観点から捉えると『明星』復刊に賭ける寛夫妻にとっては予定を変更してでも立ち寄る価値があると判断したのであろう。なお、寛が講演した寺はついに特定することができなかったが、旧櫻屋旅館の宇都宮家の東隣りに「善念寺」という浄土宗の寺がある。宿に隣接しているし、中心街にも近いので恐らくこの寺の本堂で講演会が行なわれた可能性がある。

## 五　大分県中津での寛・晶子の足跡

若松に二泊した寛と晶子は博多の加野宗三郎の家へ向かった。そしてここで白仁秋津に会ったのである。伊田の三井田川炭坑を見物して博多へ引き返した彼らは日田へ向かい、耶馬渓を見物して中津の江上孝純を訪ねた。その中津での足跡も私は調査したのであるが、それを述べる前に帰京後に寛が江上孝純に宛てた書簡と晶子が白仁秋津に出した書簡を紹介しておくことにする。

啓上

先般耶馬渓よりの帰途計らず多大の御配慮にあづかり中津町の最初の印象を諸兄の御濃情に由りて快適のものと成ること永く感銘して追懐仕るべく候。こゝに延引ながら御礼申上候。

帰来洲田兄とハまだ邂逅致さず候へども近日お目に懸り候て大兄の御伝言を申述べ且つ諸兄より受け候小生どもの新歓を語り可申候。

帰京早々御挨拶可申上に候処却て大兄より御手一書を先ンぜられ被愧入候。写真両葉拝受これもまた好記念に御座候。何卒両国手をはじめ筑紫楼当夜の諸君へお序によろしく御鳳声被下度候。

荊妻よりも万々御礼申伝候。同人ハ帰来少しく疲労の気味にて困りながら執筆に忙殺されを里候へば別書を拝呈致さず候。失礼御海恕被下度候。

別府附近の講習会に出席するやう佐々木照山より依頼され候へどもあまりの暑さにつき諸否を決しかね居り候。或ハ突然再びお目に懸り致にやも計りがたく候。時下一層の御自愛を願上候。

艸々拝具

与謝野《(ママ)》　寛

七月十八日

江上学兄
御侍史(14)

お手紙をおなつかしく拝見いたしました。下の関でおわかれいたしましてから一月と十日あまりになつたのでございますね、あの時からずうとつづいて　暑い日ばかりでございます。まへのおたよりに九十二三度とお云ひになりましたころ　東京もやはりそんなものでした。ただ　それくらゐのことに毎日前日の寒暖計のことをきいては居るのですがこころもちは百度ちかいやうにいつもその時々をおもつて居るのでした。しかし近頃になりましていろいろなことをきゝましたり、またお手紙の中にももゆるやうな暑さの見えますのでやはり九州は暑熱のもつとも高いところであらうとおもひます。そしてあなた様方をおきのどくでならなくおもふのです。何やら能なき頭になりはてしやうに自分のことがおもはれてなりません。いつかはこんなこともなくなるであらうと淡いのぞみをたゞもつだけです。おうたをおゝくり下さいますのを先頃からたのしんでまつて居ります。

私ら　お宅のありますところまでまゐらなかつたことが惜しいことのやうにもおもはれます。たゞあなたお一人が浮んでお見えになるだけで御家族、その御果樹園も想像することができません。私のたゞ今居ります書斎、只今までは家の中で一番あつい苦しいところだつたのですから御紹介もするまでならなかつたでせうが今日はめづらしくすこし机の向うからかぜが吹いてまゐります　それでこんなところとおしらせいたします

書斎の図面

鳥小屋のかきには瓢たんが大分かゝり、けいとうはうらにはをいつぱいにひろがり　さるすべりの木がそこには一本赤々と咲いて居ります。

ものにくむ心ひろがるかたはらにあれども君はわざはひもなし

このものといひますのは暑さをにくむ心が八九分まであるのでせう。

紅茶を沢山いたゞきまして有りがたう存じます。主人も非常によろこんで居ります。

男の子供達、九十九里の浜の小川老漁氏のもとから二三日まへ帰京いたしましたがまつくろで、九州で見ましたとかげやへびがゆかたをきたやうなと苦笑されます。女の子供達と三男とが三州の蒲郡へ行つて居りますがどうして居りますか気がかりでなりません。南九州の御旅行はおやめになつたのでございますか。

あの中津のお寺の写真ができてまゐりましたがあなたは似ておいでになりません。また御無沙汰をいたしますのかとおもひますと筆をとゞめがたく存じますけれども

九日ひる

晶子

白仁様
　御もとに(15)

寛の書簡は大正六年七月十八日の投函で、晶子のは大正六年八月九日の日付で出されている。寛の書簡の中の「筑紫楼」とは料亭「筑紫亭」のことで、現在も料亭旅館「筑紫亭」として営業をしている。鱧料理で有名である。また「両国手」というのは「二人の医者」という意味である。寛と晶子を迎えた江上孝純は友人である医者の村上和三親子らと共に「筑紫亭」で歓迎の宴を催したのである。村上家は小笠原・奥平両藩に仕えた典医村上玄水の流れをくむ医家である。玄水は、杉田玄白に次いで解剖図説を書いたことで知られている。次に晶子の手紙に出てくる「中津のお寺」であるが、私はここにも「寺」が登場してくることに興味を覚えたので、それを突き止めることによって彼らの中津での足取りを摑もうと調査をした結果、大分県中津市新魚町三丁目にある金剛山自性禅寺であることが分かった。若松の櫻屋旅館を中心とした調査を行なったときとほぼ同じ時期である。これもまた寺の名前が書かれていないために中津の寺町を中心に調べ歩いたが手掛かりを得ることができず、郷土史家に電話で尋ねると昔から自性禅寺には文人墨客が多数訪ねているので何かが分かるかも知れないという返事を得て行ってみると寺の内儀が古い拝観者名簿を持ち出してきて見せてくれたのだが、こ

大分県中津市新魚町「自性禅寺」(昭和61年撮影)。
山国川の近くにある。

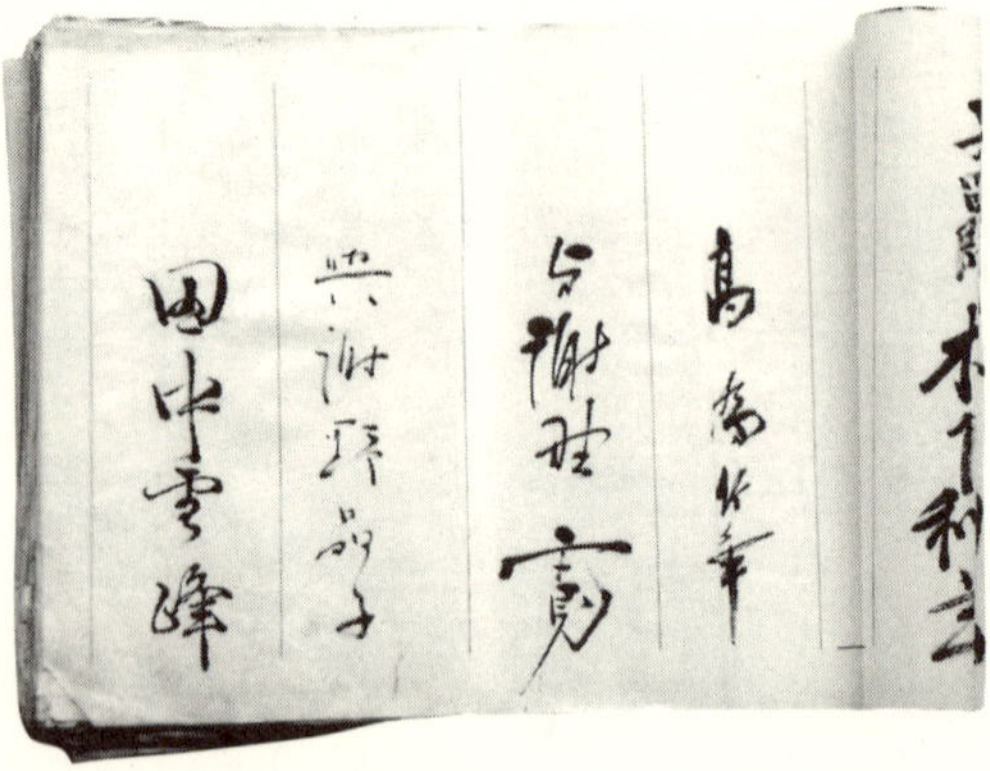

自性禅寺の拝観者名簿にある寛と晶子の署名
(昭和61年撮影)。

の中に寛と晶子の署名があったことによって確認できたのである。自性禅寺は、その昔池大雅がしばらく滞在していたことから、大雅の書画が多数遺されていて、それを鑑賞する目的で著名人が訪れているのである。江上孝純は寛夫妻を自性禅寺の大雅堂に案内したことがこれによって明らかになった次第である。現在の大雅堂は独立した鉄筋二階建ての建物になっているが、寛たちが見学した頃は寺の本堂の奥の部屋を大雅堂として使っていたということである。補足しておくと、拝観者名簿には他に木下利玄・小林秀雄・澤野久雄・棟方志功・湯川秀樹らの署名が見られる。耶馬渓から中津までの行程は若松でのそれとは異なって非常にリラックスしたものであったようである。江上孝純に宛てた寛の書簡や晶子が耶馬渓で二十一首もの歌を詠んでいることでも推察できる。

馬車はやく舞鶴橋の下くぐり青き世界に歩み入りにき
岩はしる流つたへば自らが繡《ぬひ》をおきつつ行くここちする
山の草みな白き牙もつごとし草ひるがへす夕風《ゆふべかぜ》ぞ吹く
石の山高き方より風吹けばはかなさ覚ゆ君と行けども
石多き山にしあれば楓など女めく木の哀れなるかな
わが御者が角《かく》吹き止めば渓《たに》の水高く鳴り出づ山怒るごと
大空の覗くと見れば水色の萼《がく》の咲くなり雑林《ざふりん》の中

山の石おもしろけれど皆知れるわれの心の形するのみ
三時《みとき》ほど渓を歩めば水の音心に鳴れるものかとぞ聞く
夜《よ》の蛍渓をつたへばわが涙ちるやと思ふ旅のここちに
高山《たかやま》の石のかぎりは墨をもて早く夕《ゆうべ》の塗りにけるかな
山の石恋《こひ》にくらべて侮《あなど》りぬ見て涼《すず》しさの湧くのみ是れは
水は泣く山移りてふ駅《うまや》をば別れてわたる橋の下にて
木草《きくさ》より猿《ましら》の族《ぞう》のそれよりも貴《あて》に思へる身を山に置く
豊国《とよくに》の山あひの雨あはれなる旅の心を白く打つなり
渓のかぜ冷たし鳥かは魚か人か知らねど我等相行《あひゆ》く
みどりなる曲玉なして冷たかる山国川の岸の道かな
山も道透き通り行くここちして世にあさましき河鹿鳴くなり
夕ぐれの山あひの雨哀れなる旅のこころを白く打つなり
山の夜の蛍の火にてわが四人見かはす馬車もなまめかしけれ
わが馬車を追ひくる蛍さもなくてあてに山這ふ彼方の蛍（16）

関門海峡を渡って最初に足を踏み入れた若松では環境的な要因も当然あったであろうが、どちらかといえば晶子の心の中には「仕事」意識が強く、白けた感じがあったようだが、耶馬渓および中津の旅では気心の知れた友人たちと一緒で作歌意欲も湧いて一気に詠んだのであろう。

以上、若松および中津における與謝野寛と晶子の足跡を調査を通して、その背景を論じてきたが、この文章は平成五年（一九九三）日本近代文学会九州支部発行の『近代文学論集』第十九号に発表したものに加筆して書いたものである。

**注**

（1）入江春行氏の論文「新詩社と九州」（大谷女子大国文第九号抜刷）。
（2）八木書店刊『天眠文庫蔵與謝野寛晶子書簡集』（昭和58・6・7）。
（3）福岡県大牟田市の白仁欣一氏所蔵。
（4）八木書店刊『天眠文庫蔵與謝野寛晶子書簡集』。
（5）ロダンの命名。後に「昱《いく》」と改名。「昱」とは「日がかがやく」意を持つ。
（6）明治書院刊『與謝野寛短歌全集』（昭和8・2・26）の「日記」の部。
（7）講談社刊『定本與謝野晶子全集』第十六巻所収「九州旅行の印象」より。
（8）引用者所蔵の晶子自筆原稿。
（9）白仁欣一氏談。加野宗三郎は画家坂本繁二郎とのエピソードも持っている。繁二郎が肺結核で博多の東中洲にあった松浦病院に入院していた際、「馬の絵」（現在、久留米の石橋美術館が所蔵）を宗三郎に渡して金策をしたが、繁二郎が退院後に金を返済したため、宗三郎は絵を返却したという。なお、「松浦病院」は白仁欣一氏の母の兄が経営していた。
（10）江上孝純の子息の正孝氏の談。正孝氏は北九州市小倉北区で内科医院を営んでいた。
（11）引用者所蔵の江上孝純宛晶子書簡より引用。大正十年十月二十六日の日付。
（12）白仁欣一氏所蔵。
（13）八木書店刊『天眠文庫蔵與謝野寛晶子書簡集』
（14）引用者所蔵の寛の書簡。
（15）白仁欣一氏所蔵。
（16）講談社刊『定本與謝野晶子全集』第四巻所収「火の鳥」より。

# 第二章　第二期『明星』以降の寛・晶子の心境

――書簡を中心としての考察――

## 一　第二期『明星』発刊から廃刊まで

第一章において第二期『明星』発刊に至るまでの寛と晶子について北部九州若松を中心とした大正六年の彼らの旅行をターゲットに調査考察した拙論を書いたが、論稿を書き進める過程で私は『明星』再興が彼らの人生におけるターニングポイントとしての意味をも同時に内包していたのではないかという仮説を立ててみた。そこで本章では彼らの書簡に見られる心情を中心にしながら、『明星』復刊以降晩年までの情況の考察を試みることにする。寛と晶子は『明星』復刊に当たって次の書簡を記している。

御無沙汰を致し候。お宥るし下されたく候。お作をやうやく拝見し終り候につき爰にお返し申上候。大兄のお歌がますます古鐘の澄むがごとく、併せて蒼海の水の常に新しきが如くなる喜び申候。今や歌壇の表面にハ俗人のみ登場致し居りて、日本に真実の歌なきがごとき観有之候。何卒一層御自重願上候。「明星」の復興談も益々長引き諸兄に失望させをり候が、いよいよ機会が到来し本年の五月若くハ九月より実行致すべく候。先づその基礎を物質的方面より堅め候ため、名古屋の伊藤忠成、佐渡の渡邊湖畔、九州の西村伊作、東京の高木真巖諸君がその方を分担し、

「明星」の小き印刷所を作る計画有之候。之がため来る十五日頃東京に右の諸君が一会を催す筈に候。今一度、お互いに若返りて、新声を試み申度候。

いよいよ「明星」が出で候暁にハ、大兄の従来のお作を一度に多く御発表被下度候。猶くはしきことハ、追々にお耳に入れ申すべく候。荊妻より近日中に歌集「太陽と薔薇」を拝呈致すやう申居り候。

艸々不尽

三月八日

寛

白仁詩兄

御もとに(1)

啓上

秋涼の季節に入りました。御元気のます〳〵お加りになる事を御想像申上げます。

さて多年の懸案で御配慮を下さいました「明星」をいよ〳〵来る十一月一日号から復興します。何卒お喜び下さい。さうして何かと御力添を願上ます。一昨夜第一回の編輯会を開き、森先生初め高村光太郎、平野萬里、石井柏亭、永井荷風、有島武郎、有島生馬、吉井勇、北原白秋、茅野蕭々、木下杢太郎、高浜虚子、佐藤春夫、水上瀧太郎、戸川秋骨、野口米次郎、小生夫妻等の諸人が同人となり、之に幾人かの寄稿家を加へて、高級な且つ美くしい雑誌を作ることに一決しました。世間からハ古臭い連中ばかりの出現として笑ふでせうが、超然たる態度で勝手なものを書く積りです。之に是非薄田君をも引出したいと思ひますから、大兄からも電話で御勧誘を願ひます。

それから、あや子さんに従来の御作と新作との中から、佳い御作を二三十首お送り下さるやうに願ひます。〆切は本月二十五日です。

猶追々に申上げますが、直接購読者を多く集めたいと思ひますから、其際にハ御宣伝を願ひます。荊妻よりも、小生よりも皆様へよろしく申上げます。

九月十二日　　艸々

寛

小林政治様　御もとに(2)

啓上

平素の御疎音をお宥し下さいまし。ますます御雄健に、理想的なる御生活を御建設の御事と存じます。このたびハまた御国産の美味を沢山に頂き、御芳情と共に珍重して翫味してをります。私共の好物ですが、東京には無いものです。忝く存じます。

いよ〳〵私共の手にて、先輩や友人と協力し「明星」を再興します。何れ初号を拝呈しますから御批評を下さいまし。ジヤアナリズム以外に自己を出したいと思ふ連中の手習草ですから、つまらぬものですが、追々によくして参りたいと考えます。御友人中へも御吹聴下さいまし。

初冬の季節、御自愛を祈上げます。

艸々

十月二十六日夕

寛

晶子

江上先生侍史(3)

※寛と晶子の連名だが、晶子の筆によるものと思われる。

これらの書簡を読んでみると全体的に、かつて日本の歌壇をリードしていた『明星』に対する懐旧の情が目立っているように思う。時代の変革の認識が浅く、徒らに「夢よもう一度」の気持ちのみが先行しているが、特にこの傾向は寛の書簡に顕著である。江上孝純に宛てた三番目の書簡は言葉遣いから晶子の書いたものと思われるが、さすがに寛と比較すると控え目な文章である。更に晶子は復刊

『明星』第一号の巻末の「一隅の卓」に次のようなコメントを書いている。

「明星」が愈々出ることになりました。ほんとうに嬉しい事です。初めは外の名にしようとも考えたのですが、誰も好い名を思ひつかないので、十四年前に百号を出して止めた「明星」の名を復活する事にしました。「明星」とか「スバル」とかは矢張私達に取つてなつかしい名です。併し今度の「明星」が昔のものより大分性質の異つたものであるのは言ふまでもありません。かう云ふ雑誌を出したい希望は久しい以前からあつて、皆さんと少しづつその準備をして居たのですが、この十一月から出す事になつたに就ては、平野萬里さんが此夏の初に二度目の欧洲《(ママ)》遊学から帰られたのを機会に促進されたのです。平野さんと行きちがひに欧洲《(ママ)》へ行かれた木下杢太郎さんとは明年一月から「明星」を出す事にお約束して置いたので、木下さんの原稿は初号に間に合はない事になりました。

「明星」の初号は急に出すことになりましたので、内容にも体裁にも意の如くならなかつた所があります。追々に皆が力を合せて好くして行く積りです。兎に角、この形の雑誌は―外国には沢山ありますが―我国には只今の所「明星」が一つあるだけです。之がためには王子製紙会社、山田紙店、富士印刷株式会社、田中製版所等の特別な厚意を受けて居ます。何れも「明星」の趣旨を諒解して、芸術的な心持で助成されて居るのです。

猶余白を仮りて私一人の事を書かせて頂きます。私はこの十数年間いろいろの新聞雑誌に頼まれて筆を執つて居ましたが、「明星」と云ふ同人雑誌が出来たのを機会に、出来るだけ他の雑誌への執筆を断り、専ら本誌にのみ物を書くやうにして、心身両方の静養を計る時間を作る積りです。

晶子の言うところの「この形の雑誌は―外国には沢山ありますが―我国には只今の所『明星』が一つあるだけ」とは、いかなる意味であろうか。根拠は正確には分からないが、私の考えるところでは恐らくこうであろう。

第一に、単なる短歌の同人雑誌というよりも、いろいろなジャンルの人が自由に投稿できる雑誌であること。第二に、新たな文学運動を起こすことを目的とするものではなく、いわゆる同好者の集まりという肩の凝らない性格の雑誌であること。第三に、建前を全く度外視して自己の内面から自然に発生した創作意欲に忠実に、自由な発想で表現することを拒まない、リベラルな雑誌であること、の三点である。「一隅の卓」に復刊『明星』の同人も次のような「あとがき」を書いている。

私達の先輩や友人の間に小さな同人雑誌が欲しいと云ふ事は四五年来の希望であつた。雑誌が無いと自然に怠け癖が附く。書く機会が特に与へられないと書きたいことがあつても書かずに仕舞ふ。また断えず新聞雑誌へ書いて居る連中でも、仲間の雑誌へ載せるやうな風に勝手気儘なものを書く具合には行かない。発行者の注文とか新聞雑誌の性質とかを顧慮して筆を執るのと、自分の内からの要求の儘に他人の思はくを考へないで自由に書くのとは、書く人間の心持が大分にちがふ。この後者の必要を満たすために、茲に愈々この「明星」を復活して出すことになつた。

このような発想の転換の下に再起に漕ぎつけた『明星』であるが、既に彼等を取り巻く状況は急激な変容をみせていた。第一次世界大戦勃発後のヨーロッパ諸国の経済は為替相場の混乱や海上航路の不安から一時麻痺状態に陥った。一方の日本はというと、一時的な不況を迎えたが、大正四年（一九一五）の中ごろには輸出の増加によって、いわゆる大戦景気の到来で好況に転じた。しかし、それは同時に物価の急騰を齎し、労働者の生活は窮迫して労働運動の台頭を見ることとなった。『明星』再興に向けての寛と晶子の思惑と一般民衆の生活意識との落差は、ますます増大していった。ここで明治末期から大正初期にかけての文学の世界における新しい動きを概観してみると、自由を求める動きが注目される。そして、その延長線上に出現したのが「白樺派」である。彼等は積極的に人間性を肯定し、個人を生かすことで人類の意志を実現する立場をとった。代表者格の武者小路実篤は「人類の意志」を目標に「自己を生かす」ことを抑圧しようとする既成の権威を批判し、ヨーロッパのどさくさに乗じて漁父の利を占める日本政府や成金たちに反発した。その姿勢は当然のことながら『明星』

の観念的な自己主張とは質を異にするものである。こうして実篤は、人間尊重の思想を推し進めて、この地上に人間が人間らしく生きられるような理想郷「新しき村」具現化の計画に取り掛かったのである。大正六年であった。

この年の二月にロシアでは二月革命が起こり、これに刺激される形で日本国内に社会主義思想が胎動を始めた。資本主義の急速な進行は都市の人口と労働者の激増という現象を生み、農村人口の流出と米の消費量の増大によって内地米の収穫高を低下させた。その結果、米価は急騰して民衆の生活難は深刻となり、社会不安は増大した。そのような状勢のなかで労働者の団結が進み労働運動が激化したが、原内閣はこれを弾圧する方針を強化した。そのために大正十年（一九二一）十一月四日、原首相は政友会近畿大会に出発する途次、東京駅で暴漢に刺されて絶命したのである。第二期『明星』発刊直後であった。この社会情勢のなかで與謝野晶子は『明星』復刊によって心身の休養を宣言しながら、一方で既成社会に対する批判者として登場することになる。時代に敏感な晶子の性情を如実に示している。

欧米に於る諸種の婦人運動は男子の経営する諸種の社会運動と匹敵するだけの実力を次第に備へて来たと云ふことですが、日本では近年盛んに婦人問題が論ぜられる割に、まだ新婦人の実際運動らしいものが社会の表面に現はれて居ないやうに見受けます。国民の歴史と性格とが欧米人の其れと違つて居るので、男子でさへ志を同じくする人達が団体の勢力で主張を貫かうとする運動に慣れない国ですから、日本の婦人は一層団結の精神が乏しく、一所に融和して根気強く社会の同意を博するまで自説を主張すると云ふ様な熱烈な団体が起つて来ないのかも知れません。日露戦争このかたの日本の文明は激変して進行して居ながら、どうも一体にその旋律《ふしまはし》が繊弱《かよは》く微温《なまぬる》いやうですね。

—中略—

私は上中流の若い奥様がくだらない雑用に貴い時を送つて居られることを歯がゆく思ひます。女学生時代の空想も理想をも何処かへ捨てゝしまつて、全く別人のやうな、全く教育を受けない女のやうな生活に甘んじて居る奥様の多いのを悲しみます。自分は新時代の代表者の一人である、自分の生活を清く、高く、新しくすると共に社会の改造にも助力したいと云ふ欲望がなぜ奥様達の心に燃えないのでせうか。さう云ふ欲望は財力と時と余裕を持つた上中流の人達に備はつた特権であらうと思ひます。今の若い奥様は前代の人の妻のやうに家庭の内で小さくなつては居られません、随分奥様の意見が舅姑に対して勢力を持つ時代になつて居ます。(4)

晶子は確かに直面している現実をとらえ、女性に自覚を促している。すくなくとも社会思想家としての面目がかいま見える。直感的な傾向がないではないが、この現実認識の目がある意味では彼女の文学的評価の息の長さに繋がっていることは否めない。しかし、彼女の思想が巷間言われている思想家としてのそれと必ずしもイコールではない。大正七年から翌年にかけて表面化した「母性保護」に関する平塚らいてうとの対立が何よりもそれを物語っている。要するに晶子の主張の因るところは飽くまでも自らの生活現実の周辺に根差したもので、経済的困窮による葛藤という実体験が多分に影響している。

—前略—

私の知つてゐる晶子夫人は、一面相当強烈な感情の人であると共に、また鋭い理智の人でもあつた。夫人の婦人問題に対する評論が、一見歌人にふさはしくない鋭さがあると考へる人もあるやうであるが、其処がまた夫人の夫人たるところでもあつた。詩人はものの美を瞬間に把握すれば足りるのでそれに幾時までも惑溺してゐる者は真の詩人ではないと言ふ意味のことを屢々夫人から聞かされた私は、また客観性の強さをも折々誇りとするのを見てゐる。夫人の強い主観性の反面にこの鋭い客観性があつたことが、夫人の異常な発達を招来したとも観察されるであらうが、また同時に夫人の心に不断の闘争を生まずに措かなかつたらうとも想像される。少くとも若い日の夫人はその闘争に悩んでゐて、さういふ心境について、夫人と語り合つた思出はなほ昨日のことのやうに新たであるが、晩年には果してどうであつたらう。(5)

—後略—

茅野蕭々の文章であるが、歌人と評論家のはざまに苦悩する晶子の実像が浮かび上がってくる。母として子供を育て、妻として夫の寛を支えながら家計を保つために依頼される原稿を書くという、正に毎日が闘いであった。しかも婦人問題に関する文章には、それに応えるべく、その側面を見せなければならない。こぢんまりとした同人雑誌として時代の波に左右されないで自由に本音を表現できる第二期『明星』を発刊して、「出来るだけ他の雑誌への執筆を断り、専ら本誌にのみ物を書くやうにして、心身両方の静養を計る時間を作る積りです。」（傍点引用者）と書きながら一方で時代の急激な変化に対して目を向けざるを得なかった晶子は、最早復刊『明星』が時代のニーズに沿わないことを予感していたのかも知れない。

まさしく時代の変化から目を外らし、自己満足的な発想に基づく集団は時代錯誤も甚だしく、インパクトも持ち得ずに文学集団としての意義を喪失する結果となり、更に経済的破綻も手伝って十年を経ずして昭和二年には事実上の廃刊という事態を迎えた。

啓上

御高書をいたゞき忝く拝見致し候。御清安に入らせられ候事を賀上候。旧き友のいつまでも御健かに居たまひ候やうと、つねに心に祈り申候。小生ハ無能なれども幸ひなることハ、よき師兄とよき友人とを（少数なれども）得たることに候。近年悪しき友に欺かれる事ありて、ますますよき友のなさけを嬉しく感じ申候。

「明星」早く出したく候へども財政の点にて埒明き申さず候。支那より六月の初めに帰り候て、計画をし直し可申候。支那へ参り候は語源を調べ候一助のために候へども、また風物に接して支那の歌をよミたしと考へ候ためも有之候。門司にて久々お目に懸り度候につき、出立前に時日を可申上候。

歌の発表を致す雑誌ハ今一度必ず作り可申候。沢山ニおよミおき被下度候。世間才事の歌にハ絶対に伍し候希望無之候へども、友人が互ニ消息ニ代へて、歌を印刷致し度候。

晶子よりもよろしく申上候。

艸々

四月二日夕

寛

白仁雅兄

御もとに(6)

昭和三年四月三日の消印で白仁秋津に出した寛の書簡であるが、『明星』刊行は事実上絶望的な情況にあるにもかかわらず、なおも一縷の望みに縋ろうとする執着を持っている。

## 二　第二期『明星』廃刊後の大分県下への旅

第二期『明星』が廃刊になって以降、寛も晶子も殊更表舞台に出ようとする姿勢が薄らいだように思う。

昭和三年から四年へかけて、『明星』を復活してはどうかといふ話がポツポツ起つて、私も復活さしたいものだと祈つてゐた一人だが、当時鎌倉の扇ケ谷に住んでゐた内山英保といふ横浜興信銀行の重役だつた方が、先生の門下となつて歌をやつてゐた。

この老人はなかなかの世の中の拗ねもので、頑固な老人であつたが、半面稚気もあり、義俠的な親切な方で、多数の文芸人を家に呼び寄せては、鱈腹御馳走をして遊ばせるのが道楽で、声の嗄れた、歯軌りを嚙むやうな口付きをして、よく談ずるといふ実業家の異端者であつたが、あれで酒を飲むと、もとは上野の音楽学校の第一回卒業生だと話し出すからおもしろい。―中略―この邸に集り来つたものは、尾崎咢堂先生、徳富蘇峰先生、與謝野寛、晶子両先生、その他一流の和洋画家、小説家、俳人等等大勢で、鎌倉の内山といへば可なり有名であつた。尤も老人も文芸人の仲間入りをして、文学史上に、名を遺したい位の名誉欲があつたやうにも見られたが、とも角変つた存在であつた。

偶偶『明星』復活に付いて、資金を提供しようといふことに寛先生と折衝があつたらしく、その話が愈愈実現するといふ噂さが私の耳へ入つた。ところが何かの感情的問題から――それは寛先生の潔癖から――破談となつたらしく、寔に惜しいことであつた。

―中略―

かうした経緯があつてから、その後先生に『明星』復活の問題を出したが、先生ははつきり『明星』は出さない。今後も出してはならないと仰られたが、併し歌誌発行の機運は、之を契機として急に熟し、遂に昭和五年三月二十三日『冬柏』第一号の発刊となつたことは喜ばしい次第であつた。(7)（菅沼宗四郎『鐵幹と晶子』）

『冬柏』は「新詩社」の同人の推薦によって平野萬里が編集発行の中心になり、東京や全国各地の同人が平野萬里に対する協力及び助成を行なうという組織の下で発行された。與謝野光氏はその辺の経緯を次のように述べている。

第二次『明星』が廃刊になってから三年ほどして、昭和五年に、父が寂しそうにしてるんで、平野萬里さんが中心になって簡単な短歌雑誌を創ろうと言い出されたんです。ただし、前みたいな贅沢なのは駄目だって（笑）。

うちの父が雑誌を出すとなると贅沢なものになりましたからね。父に言わせれば、「永久に先に残るものを創っておきたい」ということだったんですよ。でも客観的に見れば、非常に贅沢なことですね。そんな父の考えるような雑誌は非常に高くつきますから、引き合わないわけです（笑）。だから経営は父には任せないけど、出しましょうというんで、『冬柏』が出来たんです。

最初は平野さんのところを発行所にしてたんですが、平野さんが忙しいもんですから近江先生のところに経営が移ったわけです。算盤勘定は父にはさせられませんからね。父は贅沢ばっかり言いますからねえ。芸術至上主義者ですから、口絵に油絵を入れるとかしたがる（笑）。短歌雑誌なんて、なにも口絵に油絵なんて要らないんですから。(8)

主権が完全に自分たちの手から離れてから以後の寛と晶子の各地への旅も気負いのない自然体のそれに変わっていったように思われる。このことは歌にも反映されてくる。

寛と晶子は昭和六年九月下旬から十月上旬にかけて別府（久住も含む）・宇佐・中津の旅行に出かけているが、この時の晶子の歌は「西国の秋」と題して雑誌『冬柏』に掲載している。

丈《たけ》およそろひて蘆のはななびく宇佐八幡の神領《しんりやう》の川
古りにけりかしこき宇佐の呉橋《くれはし》は長良の橋にあらぬものから（以下宇佐にて）
太宰府の大弐の卿《きやう》の参進《さんしん》をなほ待つごとし宇佐の呉橋《くれはし》
宇佐の秋むかし源平藤橘《げんぺいとうきつ》の寄せしつるぎの光る殿《との》かな
春日《かすが》の朱陽明門の朱も見ゆる中津の秋の杮もみぢかな（中津にて）
とよ国の大分うらの船つきに肥後より来り加はれる友(9)

第一首目と第二首目の歌に関しては晶子は『冬柏』に発表する際に改作したものである。念のために地元の人に贈った短冊に書いているものを挙げてみると判然とする。

たけおよそ揃ひて蘆の花なびくつくしの宇佐の神領の川(10)
ふ里にけりかしこき宇佐の呉橋はながらの橋にあらぬものから(11)

呉橋というのは宇佐神宮の旧参道に面して架けられている重要文化財指定の橋である。国道十号線が現在のルートに新しく整備されてから、この橋は裏参道に面してしまったが、かつては勅使などの重要人物や参拝者たちはこの参道から呉橋を渡って静寂漂う神域に入ったのである。宇佐神宮の社殿は天平三年（七三一）に造営されたのが始まりで、その後文久三年（一八六三）に現在の社殿になった。今でこそ観光地化がかなり進んでいるが、寛らが訪れた頃はもっと深い木立のなかに仙境がひろがっていた筈である。この時代の晶子は往年の情熱がすっかり沈静し、静かに人生を振り返ろうとする円熟の境地に到達せんとしていた。まさしく夫と二人の存在感を確認し合おうとする旅ではなかったか。すなわち波乱の人生を静かに回顧しながら、二人だけの文学の再出発と集大成を期する思いであったろう。

寛は少年時代の明治十三年（一八八〇）から十五年（一八八二）までの間、布教師として鹿児島に来た父と一緒に生活した経験をしている。彼の生涯でおそらく最も物心両面において安定した時期であったであろう。それだけにこの九州の地は寛の文学の原点と考えてよいかもしれない。

その九州は地理的にみて、当時の東京からは遥かに遠い「つくしの国」の印象が強かったと思う。晶子は宇佐神宮の境内に向かいながら自らの生きてきた人生を思って、「はるけくも来つるものかな」という感慨に浸ったのであろう。その思いが短冊に「つくしの宇佐の」と書かせたのであろう。ところが『冬柏』に掲載するときに「宇佐八幡の」と改作している。なぜ改作したのか疑問であるが、おそらく「つくし」という九州地方を総称した古称が一般的に馴染みが薄く、狭義の「筑紫」と誤解されやすいという点を考慮してのことであろうが、そのことによって晶子の深い情感が完全に殺されて平凡な歌になってしまったと思うのは私一人であろうか。
寛もまた、この旅のなかで詠んだ歌を中津で色紙に書いて遺している。

不不ゑミて自らの手を開くとき五弁の花の美くしく出づ
人と牛あしむら触れて霧に行く由布の渓間の朝の路かな(12)

これらの歌を読んで感じることは、自分を殊更大きく見せようとする片肘張ったポーズは全くなくて目で見たままの感動をストレートに表現していることである。運命に素直になろうとする寛が其処には確かに存在する。さまざまな確執を経て到達した心ゆたかな人生であったのかもしれない。この四年後に彼は死去したことを考えれば、何かしら予感めいたものを読み取ることができる。この時期になると寛にはまた、第二期『明星』発刊までの、文学的再起に執着していた頃とは違って、昔の思い出を懐かしむような歌も垣間見える。

忘れざる心の奥の巴里をばカアネエションのそそる赤さよ
伊豆に来て我れの生れし日に逢ひぬ謝する心に天城をも見る(13)

最早、自分の存在に目を向けてこない世間を慨嘆することもなく、現在の人生を是とする生き方を考えていたと思われる。

先日はお忙しき御身を御無理申上げおゝくりいたゞき申わけなく存じ候。別府まで無事に候ひき。
久住山に二泊してまた別府へかへるべく候。
九州にて時間がかゝりすぎ神戸より直行せねばならぬげに候。(14)

昭和六年十月四日に晶子が小林天眠に対して大分女学校の一室で書いた絵葉書である。

此月の始めに九州の別府で大掌会と云ふ奇抜な会が催された。全国から大きな掌を持つ人の手形を募集し、医学者達が審査して高点者に授賞するのである。これは勿論遊戯的な気分ばかりから計画されたので無く、体育と勤労の美風とを奨励する趣旨からであつた。主催者は同地の亀井ホテルの主人油屋熊八氏であるが、賛助員に徳富蘇峰先生始め朝野の名士が揃はれてゐる中へ、油屋氏と旧友である関係で私の名をも加へられた。油屋氏はその経営するホテルの創業二十周年記念の祝賀会に附帯して此の大掌会を計画され、此夏上京して其の祝賀会へ私達夫婦の出席を求められると共に、大掌会の趣旨に賛助を求められたのであった。

—中略—

久住山は肥後と豊後の国境にあつて、その高原から波野が原を隔てて阿蘇山が望まれた。久住山も火山で一部に硫黄の煙を噴いてゐるが、横幅の長い秀麗な形が富士型の山とちがつて温厚な感を与へる。二日滞在したに関らず、雲と雨に妨げられて、その全容を久しく望むことが出来なかつた。高原は極めて平坦で馬または自動車のドライブに適してゐる。之に反して地つづきの波野が原は名の如く丘陵が波状に起伏し、それが阿蘇に及んでゐるのが奇観である。この一帯の高原には牛馬が昔から放牧され、県立の種畜場もあつて、ここで改良された純黒の肥牛が代表的に有名な豊後牛である。私はこれまで各地の高原を観たが、こんなに広くて壮麗な展望に富む高原の美に心を打たれた事が無い。接待された町長の渡邊丈平氏其他が快晴の日に見せないのを惜まれたが、併し私達には雲気と雨声の中に見るのも趣きの深いものであった。唯だ紅葉の季節に一箇月も早いのを遺憾とした。

別府へ引返すと、油屋氏がその別荘のある由布院の温泉へ案内せられた。これは別府の山の更に裏側に当り、由布が岳の高原にある小さな湖水の畔に噴出する温泉である。別府とは反対に野趣を満たした幽静な温泉境で、湖水と其れから流れる川を繞つて銀柳が茂り、柳を透して黄田と藁葺の農家とが望まれ、十月に蒲の葉にまじつて紫のあやめが盛んに咲いてゐる。湖水は清澄で、中に温泉が湧くので、村の少年少女が真裸で菱の実を採りながら寒さを感じない。別荘の縁の前が川に臨んでゐて、夕明りに見ると翡翠が銀柳にとまつてゐる。こんな情趣が面白くて私達は是山氏と歌を詠んで夜を更かすのであつた。夜中に良人が目を覚すと蛍が天井に光つてゐた。温泉のために秋までも長らへてゐる蛍だ相である。丁度隣室に東京の文人江見水蔭、松崎天民、平山蘆江、長谷川伸の諸氏も泊り合されて、皆この由布院が気に入つたらしい。油屋氏は長大な画巻を開いて、記念に一同の掌を墨で押す事を求められたが、巻頭には既に蘇峰先生のお手が押されて居た。

×

柴石の湯瀧は浸る湯ぶね無し立ちてあらまし白樺のごと
みな白し竹田の町の洞門のそとの芒も内のすすきも
犬飼の山の石仏龕さへも共に染めたり淡き朱の色
夕ぐれの久住の牧を秋霧と川のわしれど川のみぞ鳴る
久住山阿蘇の境をする谷の外は襞さへ無き裾野かな
頭をば我等のかたへ向くるもの阿蘇を見るもの皆黒き牛(15)

（与謝野晶子「九州の旅」）

昭和になってから晶子は寛とともに主として各地の女学校で講演を行なっている。これは晶子自身が女学校を対象にして出版した補助教材『女子作文新講』と深く関わっていると思われるが、この昭和六年の旅のなかでも大分女学校と大分女子師範学校および中津高等女学校で講演を行なった。その意味では仕事の要素がなくはないが、文化学院で女子教育に情熱を傾けていた彼女にとっては寧ろ充実した講演活動であったであろうし、それは大正期の旅行とは違って心理的に大分楽であったと思う。引用した彼女の文章を読んでも、旅そのものを心底楽しんでいる心境が窺える。

## 三　寛・晶子と江上孝純との繋がり

さて、本論を進める前に第一章で簡単に述べた江上孝純と寛・晶子との関係について私が実際に調査した経緯を詳述しておく必要があろう。なぜならば昭和六年の旅行でも寛らは中津に江上孝純を訪ねているからである。

昭和五十六年（一九八一）一月、私は北九州市内の古書店で寛と晶子の自筆書簡を発見した。江上孝純宛のものであった。それは全くの偶然であった。前年の昭和五十五年（一九八〇）秋に九州地区高等学校国語教育研究大会が北九州市で開催されたのであるが、その反省会として福岡県高等学校国漢部会（現在の名称は「福岡県高等学校国語部会」）の理事会を北九州市で開き、会議の後に小倉の森鷗外関係及び若松の火野葦平関係の文学散歩を実施したのである。当時私は北九州地区部会の事務局長をしていた関係で会議に参加していた。二日目の正午近くに解散したあと、北九州地区の事務局員だけで帰途についたのであるが、ふと役員の一人が、自分の懇意にしている古書店に立ち寄ろうと言ったので店を訪ねた。私たちが入っていくと店の主人が「與謝野寛と晶子の手紙を入手したのだが。」と言って見せてくれた。その後私は店主に無理を言って二通の書簡を譲って貰った。そして時間をかけて解読していくうちに次のような興味深いことに着目した。

(1)、晶子の書簡には土地の名産を送ってもらったことへの謝辞と『明星』再興に当たっての協力依頼が述べてある。

(2)、寛の書簡には江上孝純の生活の、かなり私的な面にわたる事柄が書かれている上に寛夫婦の短歌を送る旨が述べられている。

これらの点から私は、江上孝純と寛夫妻は相当親しい関係にあったのではないかと推察したのであるが、具体的にどのような出会いをしたのかを調べてみようと思ったのである。その前に先ずは寛の書簡を引用しておくことにする。大正九年（一九二〇）二月二十八日に書いたものである。

拝復

御清健奉賀上候。

御高文拝見仕り候。本年ハ御母君喜寿の御賀を催し玉ふべきよしめでたく奉存上候。御命長して明治以来幾多の豊富なる文化的推移を御覧に相成りし母君の御多幸を何人も羨ミ申すべく候。まだお目に懸らず候へども小生どもの慶賀の微意をもて母君へお伝へ被下候。御文中の歌の儀相承いたし候。両三日中に両人より差出し可申候。拙詠につき御採否ハ御随意に願上候。政界の乱調子につきて世情もまた混雑致し申すべく候。ますく御自重被下御指導の御重責を国民のために御果し被下度候。

艸々

与謝野寛《ママ》

二月二十八日

江上学兄

御もとに(16)

封筒の宛先は「大分県宇佐郡八幡村」となっている。そこで大分県宇佐市役所四日市出張所を訪ねた。昭和五十六年七月下旬であった。江上孝純の係累に関しては勿論人権などの問題から書類は見せてもらえなかったが、幸いなことに江上家のことをよく知っている職員が、幼少の頃から孝純の家で育ったという江上巖氏の消息を教えてくれたので、大分県宇佐市大字乙女（旧、大分県宇佐郡八幡村乙女新田）の自宅に彼を訪ねた。彼は孝純の家で育ち、医者になるための勉強をしていたが、それを嫌って孝純の家を出た人で、孝純の甥である。孝純は寛の家によく生活物資を送っていたそうである。それは主に「漬け醤蝦《アミ》（醤蝦の塩漬け）」や米であった。「醤蝦」は当時、乙女新田の海で獲れていて土地の特産品であった。江上巖氏は「寛と孝純の親しさは普通の人のそれとは違っていたような気がする。自分がまだ中学生だった頃、晶子から孝純の妻の江上澪の許に来た葉書を見せてもらったことがある。詳細な文面は忘れたが、その中に『そら阿弥陀（アミだ）待ってましたと手を合せ』の一句があったことを記憶している。」と語ってくれた。一見したところ戯れうたのようであるが、「醬蝦だ」に「阿弥陀如来」の「阿弥陀」を掛けて、それに手を合わせたというところに、晶子の感謝の気持ちが込められているように思う。

江上孝純には子供がいなかったため、巖氏が家を出た後に養子として正孝氏を迎えた。正孝氏は北九州市小倉北区に居を構えていたので私はその自宅を訪ねた。すると、そこには宇佐神宮を詠んだ歌の晶子自筆の短冊や孝純の母親の米寿を祝って贈った寛と晶子の自筆の短冊、孝純に宛てた寛の書簡（封筒が欠如している）、さらには巖谷小波・久留島武彦らの短冊（孝純の母親の米寿の祝いに贈ったもの）などが所蔵されていた。これらの資料を見せて貰いながら正孝氏からも孝純について話を聴いた。この調査を基に江上孝純という人物の簡単なプロフィールを書いておく。

江上孝純は明治十年（一八七七）十二月、当時の大分県宇佐郡八幡村乙女新田に生まれた。頭脳明晰だったので学問をさせたほうがよいという親の判断で上級学校に進学した。旧姓大分中学（現在の大分県立上野ケ丘高等学校）から選抜されて学習院に進んだ。その時代学習院と言えば皇族か華族しか行くことができなかったことから見ると、これは異例のことであった。学習院から京都帝国大学法学部に進学したが、学習院では吉田茂元首相と同級生であったということである。大学卒業後は故郷へ帰って、中津に弁護士事務所を開設する一方で二豊新聞社を興して社長をしていた。江上家は八幡村では有力な地主で財力もあったにもかかわらず、孝純は名利に無頓着であった。また、豪放磊落でずばり直言する性格で非常に純粋さを好む人物であった。しかも文学界や政界などにも広い交友地図を持っていた。彼は知己を大切にする人だったが、その友人知己の多くは学生時代に親交が生まれた。江上巖氏は「孝純は大学を出て故郷へ帰ってからは所謂仕事の関係における知人は出来たが、友人知己は殆ど作らなかったので、寛との関係は多分学習院時代に生じたのではないか。」と証言したが、これは江上家に保存されている資料の範囲内では確証にはならない。ただし二人の年齢がほぼ同じであることを計算に入れれば、かなり若い頃に知り合ったであろうし、江上巖氏の言葉は無下に否定もできないのではないだろうか。大正六年と昭和六年の九州旅行で二度までも孝純を訪ねていることから、その親交の度合いの深さが分かるというものである。

## 四　寛の死を嘆く晶子

第二期『明星』の発刊以降、二人の愛を確かめ合い、穏やかに人生を振り返る旅を心ゆくまで楽しめるようになった寛と晶子であったが、昭和十年（一九三五）三月二十六日の寛の突然の死という大きなアクシデントを晶子は迎えることになる。さまざまな確執を越えてようやく静謐な結婚生活を取り戻すことができるようになった矢先の出来事であった。晶子は、この時の心の動揺を親しい知人に書簡で吐露している。

別封の
　詠草は新しきはなく候。しかし主人ハすでに先日校了にいだしあり候ひき
白仁様
いかに御於どろき遊ばし候ことかと、さる悲しき中にても青年方々を御きのどくに存じ申候ひき。過労のうちの旅に雨の濡らしたところとな里あとにてきゝ候へば早春の海風はもつとも老人などに感冒をもたらすもの、よしに候をそれもしらず、何よりもすべて不運なりしことに候。唯だ死のことはおもはず眠りのつゞきに来りし死なるのミが安げに見えしを心やりに今もおもひ申候。土葬にせよと申せしもその通りになりうれしく候。
只今は墓の綺麗になり居ることをおもひ候より楽みのなく候。
　彼の如く今日も昔になりたらば並びていねん西のむさし野
そのわが小床とすべきところに椿の植ゑられしを昨日は見、われとおもひたまへと申してかへり候。随分ながく御逢ひいたさず候ひしな連ば故人もあなた様をこひしかりけんと於もひ候。

見まひの方〻にも時々お目にかゝりたがり候ひしも今四五日さへすれば安く逢はすべければと申さるゝに頼みをかけただ五六人にだけ逢ひたまはり候。二月の初めごろなりしが九州の博士の御弟子達の作りし冊子を私どもとよみてあはれがり候ひしものを。たゞ今は冬柏院の名によりても冬柏を守り立てんとのミおもはれ候。御詠草にあるじの字の添ひたるもの見いで候へば別封いたし候。式紙短冊といふやうなるものたゞたんざく一枚より家にはなく候。御目にかゝる日もあり候はゞよろづの御話申上ぐべく候。

四月八日

夜

かしこ

晶子(17)

白仁秋津宛の書簡である。寛の死後から僅か十三日後に書いたものである。晶子の文字は確りした筆跡であるが、この手紙に関しては非常に乱れた筆遣いが目立つ。悲しみと虚脱と動揺を如実に物語っている。晶子は殆ど毎日のように寛の墓を訪ねては語りかけていたのであろう。今となっては墓が綺麗になることだけを楽しみに生きることを心の支えにしている。そして晶子は、改めて寛と共に歩いた人生を回想しながら、自らのメモリアルとして寛との別れの情況をも書き留めている。

私は故人と共に経て来た三十五年を書き留めて置きたいのであるが、順序としては初めに遡るべきであつても、まだ私の心は静思して古きを手繰り出す迄にはなつて居ない。よく気も狂はずにある事と自ら憐む人に過ぎないのが今日の私であるから、先づ遠隔の地にあつて、故人の発病から臨終までの様子をくはしく知りたく思ふ人達の為めに此の文を書く。

二月の七日に四女の宇智子が学校で怪我をした時は黄昏の六時頃で、報せは本校の方から二三十分後にあつた。―中略― 一人の女中だけを看護婦と共に留めて最初に行つた弟妹達と光をも同伴して帰路に就いた。車中でも私は良人の愁眉を開く顔を心に描いて来て、家へ入ると良人は居なかつた。「病院からの電話でお出掛けになりました」と女中は云ふのである。また何事があつたかと胸を轟かしながら質して見ると其れは私のまだ病院に著《(ママ)》かぬ時間にあつた報せであつた事が解つた。其れにも係らず私は非常に寂しかつた。現在の寂しい世界へ踏入つた最初の一歩のやうに今も其の事が思はれるのである。―中略―

良人はアスピリンを服用することを好んで、歯痛にも其の薬を呼んだ。一日に二回は良人のこの声を聞きながら私は秘かに心を痛めて居る事は二三年来のことである。諫めても苦痛の忍び難さを云はれる私は口を噤む外はなかつた。常用的に服む為めに三月号の冬柏の原稿整理中にも感冒の熱の持続して居たのではなからうかと思はれるが、またよく検温器で体温を計ることが好きであつた人は自ら気附かない事はないとも思はれる。―中略― 伊豆の二月の末ではあつたが船原の温泉場も土肥の湯の町も今年は寒かつた。二十六日に土肥を出ると直ぐに雨の降り出して来た為めに、井上氏等から話を聞いて私達二人が憧れて居た石廊崎へ行くことが出来ず、堂が島のある仁科の海を傘して船に座しながら見る事に止めて、直ちに一行は下田へ出て玉泉寺を見、白浜を眺めて予定にした熱川泊りを今井の浜の温泉旅館へ宿ることに変更した。是れは私が云ひ出した事であつたが、今井の浜の風景と今井荘の清楚な設備に良人は非常に満足して居た。—中略—早起きの良人が翌朝私達の処へ現れて来る事が余りに遅い為めに、私は湖畔の山の朝霧の中を客館へ寄つて行つて窓を指で叩いて見た。—中略—同じ二月の初めに近江夫人と三人で此処へ来た時に、はがきへ書いて投函を頼んだ歌を覚えて居て、女の給仕からその歌の執筆を頼まれたのを良人は快く承諾した。然し気分が先刻から悪くて温泉に浴びることは思ひ止ると云つて居た。

東京の家へ帰つて熱を調べると良人は七度五分あつた。「疲れてお出でになるでせうから」と止めて見ても良人は其の夜のうちに郵書の始末をせずには居られない性質で、どうしやうもなかつた。入浴だけは翌一日もしなかつた。—中略—

四日に私は学校へ行つて帰ると、今日は七度二三分の熱があつて寝て居たが、川田順氏が来られたので起きて話したと良人は云つた。其れより先きに私が書斎へ入つて行くと父と炬燵に向つて居た末の藤子が「ママであれば嗽ひをして入つて来ると云つて居ました」かう云つた。私は良人が待ちかねて居た事を知つて済まなく思つた。私も其の心から例外に嗽ひもせず坐りに行つたのである。掛貝芳男子が其の夜来訪された。私が出てベランダのストオブの所で話して居ると、良人は片手で検温器を持ちながら出て来て傍らの椅子に著《ママ》いた。検温器は直ちに脇に挟まれたのである。暫くして、「どうしたのだらう、熱が四十度になつてゐる。振り方が悪るかつたのであらうか。四十度なら死ぬ熱ではないか」と良人は云つた。私も掛貝子も驚いたが、其れは全く間違ひであつたらしく、再び見た時は七度五分になつて居た。掛貝子は猶も師の手を取つて脈を見たりして不安がつて居たが、私の勧めるのも聞かずに良人は「ストオヴが暖いから大丈夫だ」と云つて、四五十分も其の儘話して居た。掛貝子は慶応の学校でも講義を聞かせた人で、特別な愛を良人はこの人に持つて居た。同子の過去に於て多病であつたことを常に歎く良人であつた。

五日は横浜の光を電話で呼んで良人は診察を受けた。光は此の日と翌朝の二回ワグノウの注射を打ち、薬を作つて帰る時に、親友の大久保五郎氏に父の主治医となることを頼んで行つた。私も子供達も大久保氏を煩はすことが是迄あつたが四五年来風邪らしい風邪も引かぬ良人の身体を大久保氏は初めて診察されて、善い体質であることを賞めて帰られた。感冒は終りに近づいて居ると云ふことであつた。私は安心をしながらも七度二三分の熱の去らない事で憂鬱になつて居た。五日以来かうして良人は床に就き切りになつたのである。―中略―

二十日は文化学院の卒業式で、是非一時間だけの出席をと云はれてゐて私は泣く泣く出掛けねばならなかつた。四十分で辞して、枕頭の二男と私は代つた。前日の前半の幸福感を忘れぬ人人は青ざめて廊下を往来した。小日山直登氏が某所へ車を馳せて祈つて下すつたのもこの夜の十一時頃のことであつた。

熱は一進一退であるが患部の方は良好な傾向が見え、絶望はするに及ばぬと云ふ西野博士のお言葉を私達は唯だ力にして傷ましい良人を見守るより外はなかつた。―中略―「天が見たい」と云ふのがケンが見たいと聞いて、私が五男の健の事かと聞き返すと、「テンだ」と弱弱しくは云つたが、窓の方を楽しむ如くに眺めて居た。「ママ、ママ」と私を呼んで、掻き寄せようとする程に両手を高く差し伸した前日の力は失つて居たが、穏かに眠る時間が多く、正午には七度の熱となり、気遣つた午後も上ることは七分を過ぎなかつた。―中略―私は皆の云ふ好結果に到る径路が見たいから泊りたいと云つたが、三畳の次室に三人で居ては母の健康が危いと云つて、私は帰された。其の前に良人の枕辺へ行くと、「今迄何処に居たの」と初恋をする少年のやうに私を見たのが忘れられない。

二十六日の早朝、吉報を得ようとして電話を懸けると、光が出て、熱は七度二分で、発汗もして、いよいよ曙光を我等は見ることが出来たとは云つたが、唯だ脈が百二十あるだけは不安と云へば不安であると附け加へた。直ぐに行かうとしながらも良人が最愛の末女の藤子を伴はうとして、支度を待つうちにまたも電話が懸つて来た。心臓麻痺が起つたのである。

二人で果汁を飲む事のやうに会話で取り扱つた末期の水を私は良人の唇に注いだが、是れは約

束した物と違つて居ると思つた。良人から喜びの言葉が聞かれなかつたのである。(18)

互いの愛を確かめ合い、信じ合ってきた晩年の人生を死別という形で断たれた晶子の無念さ、寛の最期の言葉を聞けなかった心残りの気持ちが、淡淡とした文章の中に込められている。寛の死後、晶子は自らの文学活動の集大成として『源氏物語』現代語訳のライフワークに精力を傾けたのであるが、体の変調もあったのか、しだいに平安な人生を志向するようになった。

## 五　寛亡きあと、晩年の晶子

寛亡き後の晶子の許には、未だ学業半ばの四人の子供たちがいた。彼女にはその子供たちを養うという大仕事があった。しかし、突然の寛の死は彼女をして決定的に「自分ひとり」という心境に陥らせた。人間にとって苦しいことがあった場合には家庭は非常に大きな意味を持ってくるものである。とりわけ相談相手の存在が大きい。まして互いの思い遣りと優しさを再認識して、二人の人生を楽しもうとしていた矢先の寛との死別であったが故に晶子の傷心の度は深かった。その心の傷も十分に癒えない昭和十三年(一九三八)四月、晶子は虫垂炎に罹り、神田駿河台の三楽病院で手術を受け、五月に退院した。そして六月中旬頃、養生のために湯河原の中西旅館に泊まったのである。六女の藤子および辻和歌子と一緒であった。

啓上　御容体いかゞにとやお案じいたし居り候。傷に宜しき湯にて一度近くバこちらへ御こしをおす、めいたすべきにと存じ候。私もこの度は全く癒えるまで滞在のかくごいたし居り候。

荒らけたる山の雨をバうち見つ、仙たらんなど思ふにいたる(19)

中西旅館から丹羽安喜子に宛てて出した晶子の絵葉書である。七月五日の日付であるから長期にわたる滞在であったことが分かる。丹羽安喜子は当時、兵庫県武庫郡下芦屋西新田（現在の兵庫県芦屋市）に住んでいた人で、晶子の高弟の歌人であった。

この手紙には弟子を思う気持ちも然る事ながら、寛と過ごした人生を静かに回想しながら脱俗の境地に向かおうとする思いが読み取れる。書面の「傷」とは無論手術のあとの傷であるが、同時に「心の傷」という意味も含んでいると思われる。「私もこの度は全く癒えるまで滞在のかくごいたし居り候。」という一文が何よりもこの時の晶子の心象を暗示している。しかし私は最後に添えられた短歌に注目したいと思っている。「荒らけたる山の雨をバうち見つ、」の上句は意味深長である。鄙びた山の湯の宿に、折柄激しい夕立ちが降ってきたのであろう。その叩きつけるような雨脚を眺めていた晶子の脳裡にふと、激しく生きてきた嵐のような自らの人生がオーバーラップされたのかもしれない。

しかし回想する彼女は最早心を昂ぶらせることもなく、静かに振り返る余裕を持つに至っている。寛亡き後の寂寥の中に寛との楽しかった日々のみが蘇ったのであろう。その心が下句の「仙たらんなど思ふにいたる」に凝縮されている。要するに、人間のさまざまな思惑や欲望の渦巻く俗世の何と虚しいものか。自分はそれらの一切から超越して、仙境の中で静かで円やかな余生を送りたいとしみじみ思うようになった、という心境であろう。この手紙が、心底腹を割って全てを話せる知人宛のものであることや推敲なしの、言わば書き下ろしの短歌を添えていることなど、はからずも晶子の飾らぬ心情を吐露する結果になっている。運命に従順になろうとする、角のとれた彼女の素顔が覗いている。

その後、寛の死で中断されていた『新新訳源氏物語』全六巻を完成させたのは昭和十四年（一九三九）の夏である。心臓の病気を抱えながらの仕事であった。肩の荷を下ろした晶子は嶋谷亮輔に近況を伝える書簡を書いている。

啓上

お手紙は一昨日の朝頂いたのでございました。早速お返事をさし出したく存じましたが昨日の夕方ころまでずつと心臓が苦しうございました。そのために失礼いたしました。七八の両月は宜しかつたのですが九月の一日からまた病床について居りました。その中で湯河原へまゐりましたのは無理なことだつたのですが、もう宜しいかと思つたのでした。そして吉良さんが子供らしく来遊を電話などでしば〳〵促されるものでしたから出かけました。少しよい結果があるかもしれぬと健康の上の期待ももちました。浴室まで三階段の長いのが阿りまして、それからまた箱根の強羅ホテルもエレベイタアがきかず　やはり上り下りをすることが多かつたのです。然し今日はずつと〳〵宜しくなりました。今日から学校へも出られませうかとも考へてゐたことでしたが、大事をとりまして明日もう一日休養いたします。新々訳源氏の件にては前も初めよりあなた様御骨折り下され、それによりて実現さる、秋のよろこびとうれしく存じます。わざ〳〵会議の日にもお出かけ下さいますことを承知いたして居りましたからそれのみに由つて私もまゐりたくは思ひましたが、厚顔な気がいかにしてもいたし家に居りました。

紺紙の方のをお申しこみ下さいまして阿りがたうございます。西田氏よりのもそれでございましたのはあなた様の御宣伝によることとその御好意も多に感ぜられます。金粉は大阪と高嶋屋と、表具師の三方へたのんでございますから、しかもどちらでもどうかなるに違ひなしと申すことですからまに合ふでせう。紺紙は京の経巻屋の手で作らせてくれと申しやりました。金屋の主人が三日ほど前にまゐり遅くなりましたお詫びを申し、この十六日までには全部出来て阿る筈といふことですが頼りないやうにおもはれます。先ず八二十日ごろには出来るのでせう。（見本はまゐつて居ります。）出来たのは見本だけでせうと云ひますと、

「さうだんにや。」

など。

自分のことばかり申しましたが、私は静子様がまたお弱くおなりになりましたことを絶えず御心配して居るのでございます。世になくあまりに善良なる人は、この世界の人でなく、どこかへ消えられるのでないかとじつを申せばその不安が年来あるのです。でも御診察の結果は宜しかつたさうで嬉しうございました。藤子もさう申してよろこんで居ります。

私のことはもうお案じ下さいませんやうに。

鈴木赳蔵さんがせつかちなものですから、きのどくで昨日は新所感のうたをあらかた病床で見ました。それがすめばあなた様へゆる〳〵と手紙がかけますとおもひながら。

まだ新所感詠草と為づけますものは見ませんがその方は手間が入りません一日半もあればいいのです。風景協会の高津牧場へおいでになりますか。あなた様方がおいでならば長女の八峰がどこへも旅をしませんので、その図躰の時にと思つて居ります。黒田さんには学校で美術史を教へて頂いたのですから存じ上げて居たのですが。

気候も悪かつたのですが私の初め病気になりましたのは七月の末に結婚いたしました宇智子の相手の人がとんでもない人であつたことの手紙が二通ほどつゞいてうち子から参つたことに基因するのです。（誰にもそんなことは申しませんが）職業をもつて居るのですから、もつとよく考へると宜しいと度〻私は注意をして居りまして。

アメリカ浪人とも云ふべき人ですと井上様でおはなししたことも阿りました。鞍馬の寺へ逃げて行かうと思つたなどと一昨日きて申しますから、それは坊様として迷惑千万なことになる、芦屋の方が宜しからんと申しました。

こんなことはたゞ悪夢の話としてお忘れ下さい。

今日はとても心臓がしづかです。玉子の薬はやはりよくきゝます。

奥様のおからだお大事にとおつたへ下さいませ。銀行かはせもたしかに頂戴仕りました。

あまりに長くなりましたので、却つて忘れました。通信があるやうな気がします。

晶子[20]

心臓病に悩まされながらも『新新訳源氏物語』を完成させた安堵の気持ちが表れた手紙である。『新新訳源氏物語』完成後は文学上の仕事は殆どせずに昭和十五年（一九四〇）四月二十二日から三十日にかけて、京都の鞍馬寺の金剛寿命院での冬柏忌法要に出席する目的で京都・阪神・丹後を旅行したが、この旅が晶子の生涯における最後の旅となった。そして帰京後の五月六日の夜に第二回目の脳溢血で倒れ、以後半身不随の状態になった。その後、病状は一進一退を続け、その間昭和十六年（一九四一）十二月七日には誕辰祝賀の宴を自宅で昼夜二回催したりしたが、翌昭和十七年（一九四二）五月二十九日に六十四歳の生涯を終えたのである。折しも戦況は激しさを増していた。晶子を追悼して特集を組んだ昭和十七年七月号の『短歌研究』（改造社刊）に二男の與謝野秀が「晩年の母」と題した文章を寄稿しているが、脳溢血で倒れた後の晶子の様子が分かるので全文を紹介しておく。

四十年近い間母の慈愛の下に育まれた子として、母晶子について語り度いことはあまりに多いが、母を失つてから十日程しか経つて居ない今日、纏つた追憶とか、子より見たる母とか云ふことを書くべく未だ心の余裕がない。私は他日機会を得て母の伝記風のものか又は我々子供達の追慕記の様なものを纏め度いと念願して居るが、両親とは極端に反対の筆無精な私には今から実現の程を断言する自信もない。こゝでは求められる儘に、母の晩年の模様などについて思ひ浮ぶところを書き綴つて、責をふさがして頂く。

○

母が脳溢血で倒れたのは一昨年の五月、母は六十三の歳であつた。父の歿後も荻窪に住つて居た母は、毎週二三回神田の学校に通ふ為に市内に出て来ると、帰途必ず九段の私の陋屋に立寄つて晩餐を共にしたり、孫達に土産を持つて来たりするのを楽しみとして居た。父の歿くなつた年に兄は米国に留学し、私は結婚して麹町に借家住ひをして居たのである。数年後私は北京に移り一昨年の二月帰京して又麹町に住んで居たので、その日も母は町へ出て来て学校に行き、神田の風月堂で人に会つたとかで、帰りに例の如く私の家を訪ねて呉れたのであるが、関西への旅行から帰つた直後で大分疲れて居たと見え、私の妻や孫達と暫く時を過した後、私の帰宅を待たずに四谷の駅から省線で荻窪へ帰つたのであつた。家へ着いて間もなく風呂場で倒れたのであるが、後になつて若しも四谷駅の石段のあたりで倒れたならばどうであつたらうかと慄然とし、不幸中の幸とも考へた様なわけであつた。円タクもまだそれ程不自由な時分でもなく私共は母の帰りには成るべく自動車をと心懸けては居たが、未だ明い中でもあつたので母も気軽に電車で帰つたのである。「ハイヤー」で送り迎へをする身分には竟になれず、旅行も三等に乗るのを常としたが子としての無力を悲しむ反面、母にはそれが似合つて居たと云ふ気もしないではない。

○

昭和九《（ママ）》年の春父と死別して以来、母は軽微な脳溢血、盲腸炎、肺炎と年に一回位づ丶大患を経験し、三楽病院の中島博士はじめ親切な医師達の手当によつて之を切り抜けて来たのであるが、この日以来二年の間、半身不随と云ふいたましい、不自由な病床生活が始つた。

人一倍我の強い母にとつて病床の生活は大なる苦痛であつたらうし、その間にも家庭の経済上の苦労は心を離れなかつたのであるが、我が母ながらその忍耐心と粘り強さには頭が下る思ひがする。

母の倒れた翌六月の末に私は西原少将等と同行の筈であつた先輩の急病の為、一行の出発前夜に急に仏印行きを命ぜられ、荻窪の母に暇乞ひの余裕もなく慌しく飛行機で立つて行つたが、当時母の容態は小康を得ては居たもの、気懸りであつた。七月の末になつて西原さんと二人で報告の為に帰朝した時、途中嵐の為に那覇に一泊することになつたので、同地の母の友人山城氏に電話すると、同氏は直に暴雨の中を私の宿舎に訪ねられ、恰度最近東京から帰られた許りのところだとて母の近況を詳しく話された。経過は頗る順調で自分の訪ねた時は既に歩行の練習すら始めて居たとのことであつたので私も大変安心したのを忘れない。然しこれは糠喜びで羽田に着くと出迎ひの家族から折柄の暑さで容態は逆転して居る旨を告げられ落胆したのであつた。

一週間程滞京して又仏印へ出掛けること、なり暇乞ひに行つた私に母は「秀が子供達と写真を撮つたと聞いたから、又行くのだなとわかつて居た」と洩して居たが、東京河内《ハノイ》間の前後四回の飛行機往復には大分心配して居たさうである。

○

兄の勤め先が埼玉県なので、秋に仏印から帰つてからは妹達の結婚に引き続いて私の一家が荻窪に引越し、母と一緒に暮すこと、なつて母も毎日孫達の喧しい声で煩い反面、寂しさを慰められることにもなつた。容態も漸次良くなつて床の上に支へられて半身起き上れる位にはなつた。看護婦と治療に当られた尾関主治医の熱心と親切には家族の者は衷心感謝して居るのである。「マッサーヂ師」も母の良き慰め相手となつて呉れた。歌も少しは作り、字も右手が利いたので少しは書けるやうになつた。今一度歩けるやうにと云ふのが我々の願ひであつた。

○

母の病床に在る間周囲の者が最も頭を悩したのは食物であつた。母は美味しいものはもとより嫌ひではないが自ら進んで何が食べ度いと云ふことはあまり云はない。病気の性質上食物には多くの制限がある。食料品入手の困難も段々深酷となる、と云ふわけで母を満足させる献立は困難であつたが母はよく我慢した。母を気遣はれる多くの方々が珍しいものを見舞として持参される親切に家族のものは大変助けられたのであるが、子として今となつていろ〳〵な点で未だ〳〵孝養の尽し様が足りなかつた感の深くなるのは残念である。

病床の楽しみが無く母も退屈であつたらうと思ふ。小さな「ラヂオ」を備へ附けて母の慰めとしたが、今迄「ラヂオ」を聞く暇とてもなかつた母も仕方なく相撲の実況放送に迄聞き入つて、今日は双葉山が負けたなど興ずることのあつたのも、傍の目からはいたいたしい限りであつた。難しい本はどうかと懸念されたので、主として小説類、殊に平素母の読んだことのない所謂大衆小説類を看護婦に読ませこれで暇を潰して居たのであるが二年間にその量は莫大なものとなつた。

世の中の変遷も「ラヂオ」を通じて大体わかつて居たと思ふ。松岡さんが欧洲《(ママ)》から帰つて日比谷で演説された時も母は「ラヂオ」で聞いて「思ひ切つたことを云ふ人だね」と洩して居た。大東亜戦争勃発の際も東條総理の放送に感激して歌を作つたが、これは暮に作つた御題の歌数十首とともに殆ど最後の歌となつた。

　健康であつた間、毎年何回か友人達と旅行をして歩くのを唯一の楽しみとして居た母にとつて、旅行の出来ない苦痛は人の想像以上であつたらうが、容態の悪い時には旅行に来て居る様なことを口走つたり又或る時は全く錯覚を起して居る様なこともあつた。見舞の方々に近く網代《あじろ》へ行くから一緒に行かうと誘つて見たりして私に叱られる様なこともあつた。あまり旅行がしたさうなので昨年の夏は最も近い所を探し主治医と相談して寝台自動車で上野原の依水荘に移し荘主の好意に依つて寝た儘とは云へ母も避暑をしたことになつたが、これは家族としては大変な冒険であつた。又母はそれ程の贅沢とも感じなかつたであらうが、自動車の不便な時勢となり私達から見れば随分困難なことではあつたが、無事二ケ月後には荻窪に帰れたのは何よりの幸せであつたと思つて居る。小仏峠を過ぎて九十九折に差しかゝつてから母が吐瀉して一同が心配した話や、末妹の藤子が母を見舞に上野原へ行つて居る留守に家が火事で焼け私がそれを母の心配せぬ様に怖る〳〵報告したこと、さては不随の方の左の耳が痛いと云ひ出し、確に虫が飛び込んだと母が主張するので多分神経のせいだらうと思ひ乍ら耳鼻科の医者に急行して貰つたら母の云ふ通り大きな夏の虫が飛び込んで居たことなど、いろ〳〵なことが此の旅行丈けでも思ひ出される。

○

　大東亜戦争に入つた後も母は時々は自分で新聞を読んだり、私から話を聞いたりして居た。隣家に住む弟の昱が海軍に応召して出発したので母の関心も深かつた。病状も順調で割合元気であつたので皆が安心して居た。大晦日には自ら進んで正月の箸袋に私達や孫達の名を書いて呉れたが之が筆を自ら取つた最後とならうとは誰も考へない程の元気で正月を迎へた。正月の五日から急に容態が悪化し、数日間「カンフル」注射と酸素吸入で生命を保つ様な日が続いたが此の時は奇蹟的に生命をとりとめた。

夫れ以来医者である私の兄も隣家に移つて母の看護に努め、漸次恢復の望も濃かつたのであるが、五月十八日頃から急に尿毒症の症状が現れて十日以上も嗜眠状態が続き、二十九日午後永眠した。十八日の朝、いつもの通り「行つて参ります」と挨拶したのに対し「行つてらつしやい」と答へたのが母の私に対する最後の言葉となつて其の日の夕方帰宅した時には既に意識は混沌として居たのである。

○

正月の大患以来母は半分夢を見て居る様なところがあつた。その日の健康状態で勿論常と変らぬことも多かつたが腎臓其の他全身の故障が徐々に攻めて来て居たので夢の様な日も続いたことであらう。五月の七日頃母が親しいS氏を招んで鹿児島県の川内幼稚園の園歌を数年前から頼まれて居るからと云つて口述して送つて頂いたのが最後の作で「冬柏」に発表された次の様なものであるが、私は母が園歌を依頼されて居た事実を知らないので何となく之も母の夢ではなかつたかと云ふ様な気さへするのである。恐らく古い約束を思ひ出して果して行つたのであらうが。

川内幼稚園園歌　　　　　与謝野晶子

西の薩摩の城いくつ
　廻ぐりめぐりて大海へ
川内川《せんだい》の出でてゆく
　姿を下にのぞむ山
神代の樟の群立《むらだ》ちの
　影いと深く清らなる
御垣の内を許されて
　我れ等は学び我れ等は遊ぶ
戦《いくさ》の後《のち》に大事《だいじ》なは
　愛の心と人も知る
愛《ゑ》の御社の大神よ
　深き教を垂れ賜ひ

大き興亜の御業に
我れ等も与《あづか》らしめ給へ。(21)

寛の死んだ昭和十年以降、晶子は張り詰めていた気持ちが緩んだのか、昭和十二年（一九三七）三月二十日に最初の脳溢血で倒れて一箇月の静養を余儀なくされ、昭和十三年四月十三日には虫垂炎に罹って入院手術、さらに昭和十五年五月六日には第二回目の脳溢血が襲って倒れて半身不随になるなど健康面で多難であった。その傍ら『新新訳源氏物語』の完成に努め、昭和十三年十月から刊行を始めて昭和十四年九月に第六巻が刊行されて全六巻の完成を見たのである。この仕事をしている時の晶子には気負いはなかったという。淡々として且つ執念を持ってのライフワークであった。六女の森藤子氏は、その辺の経緯を次のように書いている。

母はあの大震災で苦心の原稿を焼失していらい、しばらくは源氏物語に手をつける気持ちを失っていたのだが、荻窪の家に移って、ようやく生活が安定してきたころ、このままではいけないと気を取り直し、三たび筆をとりはじめていた。それが父の死で中断され、「新々訳源氏物語」として完成を見たのは昭和十四年の夏であった。出版社はえにし浅からぬ金尾文淵堂である。このころ私は荻窪の家で毎日「源氏」の校正を手つだっていた。そのころ母は余り細かい字を見ると疲れるので、平素でも字引を引いたりするのは、私の役目だったからである。ちょうどその時分、谷崎潤一郎さんの源氏訳も本になって、その方は出版社も一流なだけに、派手な新聞広告が何回となく人目を引いていた。一方は朝日と毎日にやっと一回づつ、小さな広告をのせるのが精一ぱいという有様だったから、私は谷崎源氏の広告が母の目にふれるたび、気の毒で仕方がなかった。しかし母は何もいわず、二十八年ぶりで肩の荷が下りた、とほっとしていた。(22)

晶子は執念をもって書き続けてきた『新新訳源氏物語』を完成させて心残りがなくなったのであろう、前出の嶋谷亮輔宛の書簡に見るように普通の日常生活の中に全身を委ねる気持ちになったのである。そして死の直前になって頼まれていた鹿児島県の川内幼稚園の園歌を口述筆記ながらも作ったのであるが、これは自分の中にわだかまるものを完全に払拭して透明な心に達しきった彼女の心境を象徴しているように思う。

本章の文章は平成六年（一九九四）十一月発行の日本近代文学会九州支部学会誌『近代文学論集』第二十号に発表したものに加筆して書いたものである。

**注**

（1）福岡県大牟田市の白仁欣一氏所蔵。

(2) 八木書店刊『天眠文庫蔵與謝野寛晶子書簡集』による。
(3) 引用者所蔵の江上孝純宛晶子書簡。寛との連名であるが、字体や言葉遣いから晶子の書いたものと思われる。
(4) 講談社刊『定本與謝野晶子全集』第二十巻による。
(5) 引用者所蔵の改造社発行『短歌研究』七月号「與謝野晶子追悼号」(昭和17・7・1)による。
(6) 白仁欣一氏所蔵。
(7) 神奈川県湯河原町吉浜発行、菅沼宗四郎著『鐵幹と晶子』(昭和33・11・3)による。
(8) 思文閣出版発行、与謝野光著『晶子と寛の思い出』(平成3・9・1)による。
(9) 講談社刊『定本與謝野晶子全集』第六巻による。
(10) 北九州市小倉北区の江上家と大分県中津市の村上医家史料館所蔵の晶子自筆色紙。
(11) 引用者所蔵の晶子自筆短冊。
(12) 大分県中津市の村上医家史料館所蔵の寛自筆色紙。
(13) 菅沼宗四郎著『鐵幹と晶子』による。
(14) 八木書店刊『天眠文庫蔵與謝野寛晶子書簡集』による。
(15) 講談社刊『定本與謝野晶子全集』第二十巻による。
(16) 引用者所蔵の江上孝純宛の寛書簡。
(17) 白仁欣一氏所蔵の晶子書簡。
(18) 菅沼宗四郎著『鐵幹と晶子』所収の晶子の文章「良人の発病より臨終まで」(『冬柏』昭和10・4)による。

(19) 引用者所蔵の晶子の葉書。丹羽安喜子宛の湯河原の絵葉書。
(20) 引用者所蔵の嶋谷亮輔宛の晶子書簡。
(21) 引用者所蔵の改造社発行『短歌研究』七月号「與謝野晶子追悼号」（昭和17・7・1）による。
(22) 森藤子著『みだれ髪』（ルック社発行—昭和42・9・14—）による。

# 第三章　昭和初期における晶子の講演の意図

## 一　女学校での講演日程と『女子作文新講』

与謝野寛と晶子は旅行先の各地で講演活動を随時行なっているが、これには二つのターニングポイントが考えられる。一つは第一章で書いたように大正十年の『明星』復刊前後である。つまり『明星』復刊へ向けての準備と布石という性格を帯びたものである。もう一つのターニングポイントは、昭和以降の講演活動の主体の転換である。勿論二人一緒の講演もあるが、女学校での晶子の講演が圧倒的に増えていることが注目に価する。晶子は人前で話をすることが不得手だったという。その彼女が敢えてこれ程の講演会に臨んでいるのには何らかの意味ないしは決意が背景としてあったに相違ない。因に寛と晶子が大正から昭和初期にかけてどのくらいの講演をこなしているか、その中で晶子がどのように講演回数を増やしているかを具体的に見てみたい。以下の講演日程に関しては主として沖良機氏の『資料与謝野晶子と旅』（武蔵野書房、平成8・7・7）を参考にさせて頂いた。

講演活動の皮切りは大正六年六月の北部九州地方の旅行中に北九州の若松に二泊した際に寺で寛が行なった講演である。このことに関しては第一章で、私自身が昭和六十一年に若松での寛と晶子の行動や宿泊した櫻屋旅館および講演の行なわれた寺などの調査を行なって櫻屋旅館を突き止めた経緯を書いているので詳述は割愛する。但し、ここで沖良機氏の書籍の記述の中で遺憾に思った部分があるので論文作成上のモラルという面で明らかにしておきたい。

平成八年（一九九六）『資料与謝野晶子と旅』が刊行された時、私自身も晶子を研究している関係で研究の参考にしようと購入して読んでいると、一つの箇所に目がとまった。それは「I 与謝野晶子と旅資料」の章の十八ページ、大正六年六月十六日「福岡 若松」の「行程」の項目である。そこに「若松→寺で講演（晶子は挨拶のみ）櫻屋旅館（2泊）」とある。私が寛と晶子の宿泊した旅館（当時は研究分野では全く明らかになっていなかった）を調査して特定したのは昭和六十一年五月二十六日で、その調査研究を基に日本近代文学会九州支部の学会誌『近代文学論集第十九号』に論文を発表したのは平成五年であった。その時点では全国学会では一部の晶子研究家に抜刷を贈っただけであったので広くはゆきわたっていなかった筈である。勿論、沖良機氏とは面識もなかったので論文の抜刷は贈っていなかった。氏の書籍巻末の「参考資料」「参考文献」「雑誌」の箇所を見ても私の論文は挙げられていない。疑問に思った私は早速沖氏に連絡をとって、「その資料をどこから得たのか」を確かめたところ、大牟田の白仁欣一氏から聞いた旨の返事があった。白仁氏には論文の抜刷を贈っていたのである。これで真相は明らかになって私の疑問は一応解決したのであるが、その後沖氏の要請もあって私の論文を贈った。しかし、全く未知の分野を掘り起こしていくのは並大抵の苦労ではない。にもかかわらず参考資料として明記しないというのは研究者のモラルとしても未だに釈然としないものがある。

さて話は逸《そ》れたが本論に戻ることにする。前述したように次の寛と晶子の講演日程については沖良機氏の書籍を参考にしたものであることを改めて明記しておく。唯、氏の具な調査には敬服する。

〔寛・晶子の講演日程〕

(1)　大正六年六月十六日、福岡県若松の寺で寛の講演・歌会。

(2)　大正十四年九月十九日、青森県津軽で講演会・歌会・読書会。

(3)　昭和三年五月十二日、中国大連で寛と晶子の講演会。同二十一日、中国遼陽で二人が講演。翌二十二日、安東で講演。六月二日、長春高等女学校で晶子講演。同日、満鉄社会部の倶楽部で二人の講演。同四日、撫順高等女学校で晶子講演。その夜、小学校を会場に行なわれた満鉄主催による講演会で寛と晶子が講演。七日、満鉄図書館で講演。

(4)　昭和四年七月二十七日、鹿児島県国分町の女学校で寛と晶子が講演。翌二十八日、川内町の女学校で同じく二人の講演。二十九日、鹿児島朝日新聞社講堂で二人が講演。八月五日、出水町公会堂で講演。十一月、岡山県高梁町の高等女学校で寛と晶子が講演。（沖良機氏の資料では「十月」となっているが、平子恭子氏『年表作家読本与謝野晶子』によると十一月となっているので一応後者を採った。）

(5)　昭和五年五月十七日、京都峰山町の実科女学校で二人が講演。十八日、宮津の実科女学校で講演。二十一日、岩滝小学校で講演。二十八日、女学校三校の生徒の参加による松江温泉の講演会で晶子が講演した後、県教育会主催の講演会で二人が講演。

(6) 昭和六年一月九日、石川県金沢女子師範学校講堂で寛と晶子講演。放送局で晶子だけ談話を放送。五月二十五日、北海道大学で二人が講演。翌二十六日、札幌の太素社主催による講演会で二人が講演。二十七日、小樽市立高等女学校で二人が講演。午後、小樽高等商業学校で寛だけ講演。この時晶子は過労による体調不良のために一足先に札幌へ引き返している。二十八日、旭川の北都女学校で寛と晶子講演。三十日、小樽倶楽部での婦人会主催による講演会で二人が講演。三十一日、札幌放送局で二人の講演放送。六月一日、苫小牧の高等女学校で講演。この時は晶子のみか。三日、室蘭高等女学校で二人が講演。六日、函館市の市立高等女学校と市民館で二人講演。八月五日、高野山大学主催の夏期大学講師として、晶子が「女子の活動領域」という演題で講演。八日、大阪毎日新聞社講堂で講演。十月四日、大分県大分市の女学校で講演。八日、別府高等女学校で講演。十日、中津高等女学校で講演。二十六日、徳島県徳島市で行なわれた県下小学校女教員大会において晶子が講演。翌二十七日、師範学校講堂での徳島毎日新聞社主催による講演会で二人が講演。二十八日、徳島県撫養町の高等女学校で晶子だけ講演。三十日、香川県高松市の明善高等女学校で晶子講演。晶子は、この日の午後も婦人会連合主催の講演会で講演を行なった。三十一日、香川県善通寺町の高等女学校で二人が講演。十一月一日、愛媛県川之江の宇麻高等女学校で晶子だけ講演。翌二日には同じく宇麻高等女学校で寛が講演。松山市公会堂で二人が講演。

三日、松山高等女学校で二人が講演。四日、城北高等女学校で晶子、師範学校で寛がそれぞれ講演。

(7)　昭和八年六月三十日、岡山県味野町の味野高等女学校で晶子が講演を行なったが、この時寛は挨拶をしただけである。七月三日、岡山県津山高等小学校を会場にして、津山高等女学校と津山実科女学校の生徒に対して晶子が講演。四日、兵庫県西宮市の高等女学校で二人が講演。十月二十三日、山梨県甲府の県立女学校で二人が講演。十一月三日、富山の総曲輪小学校を会場にしての北陸日日新聞社主催の講演会で二人が講演。四日、富山女子師範学校で二人が講演。五日、富山県高岡図書館で二人講演。六日、高岡高等女学校で晶子講演。七日、石川県金沢市の教育会館で二人が講演。八日、師範学校で二人が講演。十日、福井県の福井高等女学校で晶子だけ講演。

(8)　昭和九年十月二十六日、新潟県長岡市の互尊文庫で寛と晶子が講演。二十七日、県立高等女学校で晶子だけ講演。二十九日、新潟市の県立高等女学校で晶子、新潟市教育委員会主催の講演会で寛が、それぞれ講演。十一月二日、佐渡相川の高等女学校と佐渡鉱山倶楽部で晶子が、相川中学校で寛がそれぞれ講演。

(9)　昭和十年十一月一日、愛知県津島高等女学校で晶子が講演。この年の三月二十六日に寛は肺炎のため死去。

(10)　昭和十一年九月八日、晶子は福島県会津高等女学校に立ち寄ったが、この時は講演はしていない。（この項は平子恭子氏の『年表作家読本与謝野晶子』を参考にした。）

以上見てくると、昭和になってから寛と晶子の講演日程が急激に増えて過密状態と言えるほどである。この背景は何だろうかと考えて浮上したのが昭和四年二月十五日に国風閣から晶子が出版した『女子作文新講』の存在である。この本は巻一から巻四の四冊と「参考」と称する教授資料一冊の合計五冊から成るもので、晶子が全国の高等女学校の国語の教科書または副読本として採用されることを目的に刊行したものである。晶子は刊行の意図を巻一の序文にこう書いている。

わたしは中等程度の女子教育を現に受けておいでになる皆さんのために、文章の創作の参考書として、ここに「女子作文新講」を書きました。また家庭に在つて、文章を書かう、詩や歌を作らうとせられる若い御婦人達のためにも、その手引《てびき》となるやうに用意して書きました。

わたしは少女時代から、古今の名家の著述を読む事と、書きたいと思ふことがあるたびに、いろいろの文体で書いてみる事と、この二つが何よりも好きでした。それが習慣になつて、今日も読書と筆を執る事とを最上の楽みにしてゐます。

文章は、自分の経験から云ふと、

（一）書くべき事を内に持つてゐることが第一に大切で、

（二）次に書きたいと思ふ欲望と、
（三）是非に書き現はさうとする熱心と努力とが伴はねば書かれないと思ひます。実際には（二）の欲望が盛んであると、（一）の書くべき事は、折にふれ、事にふれて、それも、これも、あれも書かうと云ふ風に、外からも、内からも、心に湧き上がつて来るものです。

さて、其れを是非に書き現はさうとすると、
（四）どんな風に書かうか、
（五）こんな風に書かう、
と云ふ二つの用意を要します。わたしの経験では、
（A）学生時代の作文の先生の御教育、
（B）学生時代からの読書、
（C）学生時代からの作文の練習、
この三つが、わたし自身の文章に、多大のよい基礎となつてゐるのを感じます。

即ち（A）作文の先生が御深切に、文章の話をして下さつたり、自分の作文の不完全な所を注

意して教へて下さつたりしたことが、いつまでもわたしの作文上の心得となつて、今日までも活用されてゐるのを感謝せずにゐられません。

（B）また学校の教科書を初め、自分が好んで読んだ、昔と今との、いろいろの書物から「その著者の表現法書き現はし方」を見て、かう云ふ書き方もある、ああ云ふ書き方もあると知ることに由つて、自分の文章に、細大と無く、無限のよい教訓を暗示され、それが非常に役に立つてゐるのを感じます。猶、読書から得た利益は、文章の書き方ばかりで無く、わたしの感情知識思想の豊富な養料を、其れから与へられてゐるのは申すまでもありません。

（C）また女学校時代に、作文の好きなわたしも、課題に由つては気の進まない時があり、何を書かうかと思ひ悩んで、書くのが厭な時もありましたが、強ひて勇気と忍耐とを以て、「なあに、自分にも書けないことは無い」と思ひながら書いてみると、意外にも、面白い考が湧いて出たり、平生気の附かなかつたやうな「言ひまはし方」が発明されたりして、それから次第に創作の虚象を得て、あとはすらすらと気楽に書けてしまふと云ふやうなことを、しばしば経験するのでした。その学校時代の経験から、わたしは其後大人《おとな》になつて、文学其他の著作をするのに、初めに虚象が無い場合にも、無理に辛抱して書き出すことが大した苦労で無く、むしろ其の少しの苦労を突破して創作の虚象を引き出すことを、一つの楽みとしてゐるくらゐです。

—後略—

そして第一章では「何よりも先づ心」と題して、北原白秋の小品を引用した上で次のように書いている。

わたし達の内部にはいろいろの心の芽が備はつてゐる。素直な心、まじめな心、精神と肉体との勤労を喜ぶ心、困難に打克《うちか》つて励む心、謙遜な心、優しくして親切な心、清潔と優美と整斉《せいせい》とを好む心、他人と家族とを初めとして動物・植物その外の自然の物を愛する心、学問と芸術と礼儀とを尊重する心、注意ぶかく観察する心、鋭敏に感受する心、細かに思考する心、是等の心の深いと浅いとで、わたし達各自の実際の生き方が、美しくも見苦しくもなり、賢くも愚かにもなり、豊麗にも貧弱にもなり、高級にも野卑にもなる。

要するに晶子の強調したいことは、文章にはその人の人格が如実に現れるので、心の持ち様が重要である、ということである。この主張がテキスト全体を包括する結論的見解でもあると考えてよいであろう。晶子の引用している白秋の小品に書いてあるエピソードの概略はこうである。「ある時、画家・商人・コーヒー店の主人の三人が坐っているところへ店の女性がバナナをたくさん盆に盛ってきたが、そのバナナはまだ青かった。これを見て画家は『はあ、いいな』と言い、商人は『駄目じゃないか、青いな』と言い、店の主人は『全く小笠原のは値ばかり高くてね』と言った。画家はバナナの色の輝きを見、商人はその味を感じ、店の主人はバナナの値段を考えた」というのである。そして白秋は「この中の誰の心が一番尊く磨かれていたか。」と問題を投げかけている。更に白秋は文章の中で「ある時、歌自慢の人が来て自分に歌を見てくれ、と言ったが、これは歌を教えてくれ、と言うのではなくて歌を褒めてくれ、と言いたいのである。これは良くない。何故ならば彼には、彼の心には謙虚さが欠けているから。」というエピソードを紹介している。つまり、邪念を排して純粋に、謙虚にものを見る「心」がなければ人の心をとらえるような歌は出来ない、と白秋は言いたいのであろう。

晶子は、この『女子作文新講』の刊行と採用する女学校の拡大に並々ならぬ熱意を持っていたと思われる。そしてその源流は「文化学院」の創設にまで遡ることができる。

## 二 「文化学院」創設の意図

大正十年四月、晶子は西村伊作とともに「文化学院」を創設した。晶子は予てから、女性も男性と同じように教育を受ける権利があることを提唱していたが、その彼女の教育観と西村伊作の教育信条が一致して「文化学院」は開校されたのである。それより三年前に晶子は日本の女学校教育における問題点として「女学校の一弊」と題する文章を発表している。

　女学生の製作展覧会とか、慈善市とか、貧民救済運動とかを行ふことに由つて、常に世人の注意を惹いて居る女学校が各地にあります。新聞などの記事としては華華しいやうですが、其等の女学校で肝腎の教育が疎漏になつて居ないものは有りません。生徒は主として其等の科外の仕事に忙殺されて、予定の学課の半分すら完全に習得しないで、太切（ママ）な学年を送つて実力の乏しい卒業をするのです。学校の方では生徒の努力に由つて少からぬ物質的の収入を得た上に、世間的の名誉をさへ重ねて居るのです。之は女子教育界に限られた一つの弊害だと思ひます。東京一つ橋の女子職業学校などがその一例だと云へます(1)。

　日本の教育、とりわけ女学校における教育は功利的な面に偏って個人の創造性を伸ばす教育が欠如している、と晶子は批判しているのである。自らのそのような信条の具現化を目指しての決断が「文化学院」の設立に繋がったのである。

×

私は近く今年の四月から、女子教育に対して、友人と共にみづから一つの実行に当らうと決心しました。これは申すまでも無く、私にとつて余りに突発的なことであり、また余りに大胆なことでもありますが、併し私には、従来の私の生活と同じく極めて真剣な事業であつて、短時日の間ながら、十分慎重に、考へられるだけのことは考へて決心した積りです。軽率な思立ちで無いと云ふことだけは断言が出来ます。

私は此事の経過を簡単に書き、また私達がこの事業に対する計画の摘要をも添へて置かうと思ひます。

×

私はこの両三年、個人と社会との如何なる問題を考へて見ても、必ず一応は経済問題に触れ、更に徹底しては人格問題に触れて已むことを見ました。日本人の振はないのは、要するに人格の精錬が不足して居るからだと云ふことに帰して行くのです。之がために私は機会のあるたびに教育の改造を述べて、人間性の教育を社会に相談しました。さうして、自分の子女に対する外には教育の経験を持たない私が、自ら揣らずして、実際の教育に少しばかり関係して見ても好いと云ふ衝動をいつの間にか心の隅に感じて居るのでした。私が実際の教育と云ふのは、男女共学制の下に試みる、中学程度から大学程度までの新しい特別の自由教育を云ふのです。併しそんな事が私自身の上に実現されようとは考へても居なかつたのですが、意外にも茲にその機会が参りました。

―中略―

私達の学校は「文化学院」と名づけることにしました。大学部と中学部の二部に分ちます。中学部が四年、大学部が四年です。

男女共学制を実行するのですが、男子の学生は大学部の成立を待つてから募集します。男子には現状に於て、女子に比べると、中学以上の教育を受ける機会が多いのですから、私達の学校では、第一著《（ママ）》に中学部の女生徒ばかりを教育することに決めました。

―中略―

私達の学校の教育目的は、画一的に他から強要されること無しに、個人個人の創造能力を、本人の長所と希望とに従つて、個別的に、みづから自由に発揮せしめる所にあります。これまでの教育は功利生活に偏して居ましたが、私達は、功利生活以上の標準に由つて教育したいと思ひます。即ち貨幣や職業の奴隷とならずに、自己が自己の主人となり、自己に適した活動に由つて、少しでも新しい文化生活を人類の間に創造し寄与することの忍苦と享楽とに生きる人間を作りたいと思ひます。

言ひ換れば、完全な個人を作ることが唯一の目的です。「完全な個人」とは平凡に平均した人間と云ふ意味でも無ければ、万能に秀でたと云ふ伝説的な天才の意味でもありません。人間は何事にせよ、自己に適した一能一芸に深く達してさへ居れば宜しい。それで十分に意義ある人間の生活を建てることが出来ます。また一能一芸以上に適した素質の人が多方面に創造能力を示すことも勿論結構ですが、両者の間に人格者として優劣の差別があると思ふのは俗解であつて、各その可能を尽した以上、彼れも此れも「完全な個人」として互に自ら安住することが出来るやうで無ければならないと思ひます。

×

中学部の女学生に対する教育は、女子を以上の意味の完全な個人にまで導く基礎教育を施すのですから、女性と云ふ性別に由つて、教育の質と種類とを男子の中学生より低下し若くは削減しようとは思ひません。これまでの良妻賢母主義の教育は、人間を殺して女性を誇大視し、男子の隷属者たるに適するやうに、わざと低能扱ひの教育を施して居ました。私達は男子と同等に思想し、同等に活動し得る女子を作る必要から、女性としての省慮をその正当な程度にまで引き下げ、大概の事は人間として考へる自主独立の意識を自覚せしめようと思ひます。之が私達の学校で、従来の高等女学校の課程に依らずに、特に中学部女生徒と呼ぶ所以です。

—中略—

×

将来私達の文化学院から如何なる女子を出すであらうかと云へば、中学部を卒業して其れで止めるにせよ、進んで大学部を卒業するにせよ、個人として、何か屹度、一つの創造的な長所を持つて居て、功利的な打算を超えた、高い、清い、正しい境地に於て、自分みづから其れを楽しむことが出来ます。その愛は芸術家的の愛です。人をも自然をも、自分の内に取入れて、我と一体として愛することが出来ます。之が真の人間性に目覚めた人間と云ふものです。其等の人間から、天分に由つて、専門の文学者、画家、音楽家となる女子も出るでせう。また専門の科学者となる女子も出るでせう。また職業婦人として経済的に独立する女子、家庭に入つて愛と聡明とに富んだ新時代の妻となり母となる女子も出るでせう。また学界に、政界に、社会改造運動に、男子と並んで活動する女子も出るでせう。また社会の視聴を一身に集めること無く、勤労に堪へ、隣人のために計り、自然を楽んで穏健な一生を送るやうな女子も出るでせう。

一つの個性に一つの新しい文化的な生活が順当に開展されて行くこと、之が私達の希望です。これ以上に狭く考へて、人間性の自由なる発動を予定したく思ひません。

×

毎年三四十人を出ない少数の女生徒を募集して、特別な高等自由教育を施すと云ふ事は、偏頗な行為のやうですけれども、個人の仕事である以上、已むを得ないことだと思ひます。一般に亘る多数の子女教育を思はないのではありませんが、それは自分達の力で及ばない所です。私達は自分の手の届く範囲で微力を尽すので無ければ、社会の何事にも関係する機会が無くて終るでせう。三四十人の教育でも、それをしないには勝ると思ひます。また数年の後に三四十人づつの卒業生を毎年出すとすれば、その三四十人は優良な種子を社会に播くやうなものです。その種子が更に幾倍かの好い種子を生むに到るでせう。

学校教育に無経験な私達の事業は、みづから法外な冒険を敢てするものであることを思ひ、前途の多難を覚悟して居ます。今は教育界に於ても、社会に於ても、従来の教育に不満を感じて居る烱眼達識の人々が沢山にある時です。たまたま私達のやうな人間が飛び出して、重苦しい教育界の空気を破るために、かう云ふ芸術的な自由教育を試みるに到つたことも、其等の人々から寛容と同情とを以て許して頂けることであらうと思ひます。

以上は、粗雑な走り書きで私だけの意見を述べたのです。文化学院の教育方針に就ては石井、西村二氏の御意見が学院の規則と共に発表されるのを御覧下さい。(2)（「文化学院の設立に就て」—大正10・1—）

「学校教育に無経験」と控え目なポーズを見せながらも、画一的な功利主義を中心に置いた女学校教育からの脱却へ旺盛な意欲を示している。晶子のこうした熱意の原点は、やはり彼女自身の娘時代の体験にあると思う。

晶子出生の時、父の宗七はもう一人男の子を欲していたので失望したという。そのためであろうか、しばらくは男の子のような身なりをさせられていた。女の子であるがゆえに自分は歓迎されていないのではないかという鬱屈した思いにとらわれたであろう。その後新設された堺女学校（現在の大阪府立泉陽高等学校）に入り、さらに二年の修業年限の後に補修生として学校に残って勉強を続けたが、晶子の勉学意欲を満足させるものではなかった。なぜならば、カリキュラムには家政科の授業が多く、女性に対する一般教養的なものを身に付けさせる以上のものではなかったからである。しかも家では店の帳簿の記入や経済のやりくりなどをせざるを得なかったため節季になると学校を休まなければならなかった。このような原体験があって女学生に対して自由で主体的な教育を受けさせることの必要性の提唱を行なうようになり、それが西村伊作の教育理想と合致することとなったのである。西村伊作は飽くまでも自分の長女が女学校進学の年齢になって、画一的で常識的な女性像を強いられることに堪えられない思いから自分の理想とする学校を作ろうと考えたのである。その経緯を彼は次のように述べている。

私の長女が尋常六年で、来年はどこかの女学校へ入らなければならない。彼女は一年生のときから学課と走りあいと両方ともいつも一番ばかりを取った。それから背の高い事もいつも一番だった。彼女にランニングをやらしたのだったら、今頃は世界的選手になって有名な者になって居るだろうと信ずる。親は馬鹿に慾目だから。しかし、走らせるよりも学問さした方が彼女のためによいと考えた。

女学校は学問に重きを置かないで、裁縫や家事のようなものに時間を多くとられ、どんな高等女学校へ入れても、その学課はすべて女子という割引付で、物足りないと思った。中学校へ女を入れて呉れれば相当緊張して勉強出来るであろうが、共学は絶対に不可であるし、多くの中等教育は野蛮主義だから困ると考えた。

それで、自分の娘を種子にして女学校を拵えたらと思った。学課をずっと進まし、教科書ももっと高尚なものにし、教師は中等教員と云ったような機械的なものでなく、もっと素人臭い、人間的な、生きた言葉を発することの出来る、芸術的な人を集めて、少しも女学校の規則に捉れない、自由で活気のある教育をする学校を作りたい—中略—

可愛い少女達が、色とりどりの愛らしい洋装で、快活に、小ざっぱりした英国風のコテージの建物を背景にして、青葉の蔭、芝生の上で遊んで居る、その楽しい幻影が私をたまらなくさせた。愛子の教育に心を用うる、教養あり、新時代に対する理解ある人々の子女が選ばれてこの学校に集る、そこに自分の数人の子供が後へ後へと入って皆と一しょに学ぶ、教師は職業の意識を忘却して清い愛をもって生徒を指導することを楽しみとする、日本にも斯んな気持のよい学校が出来る、そう云う希望？　空想？　が止めどなく起って来た。(3)—後略—（西村伊作「坊ちゃん風な空想から」—文化学院誌『おだまき草』創刊号—昭和3・12—）

西村伊作は奈良県で山林を所有する地主であった。幼少の時にキリスト教徒だった両親の影響で欧米風の生活を実践し、洋風住宅の建築を独学で研究して関西と東京に建築事務所を開いた。大正九年には東京の駿河台に土地を購入した。しかし、当初は学校の敷地として入手したわけではなかった。当時の時代としては画期的な「男女共学制」を究極の目標として、芸術教育を主体にした個性の尊重、自由な校風による教育目的を視点に据えた晶子と西村伊作の教育理念が期せずして一致したリベラルな学校の構想は現代の日本でも先進的な性格を有するものであったことに驚きを禁じ得ない。西村伊作の意図した「生きた教育」実践のために、例えば美術の教師として晶子は有島生馬に対して教師就任を要請して承諾を得ている。

啓上
お手紙の御礼はやく申上げではと存じながら子のすこし煩ひ居り候にかゝづらひ候て心苦しくすごし候御ゆるし下されたく候。文化学院の先生のこと全く御厚志によりてさやうにまで都合よろしく御承諾をえ候ことまことに〱うれしく存じ候。石井様にも御話いたしともによろこび申候。私の本につきて賜はりし御ことば、ひとこと〱直ちに忘れ申さぬこと、思はれ候。過分などと今更めかしきことも申すまじく唯々うれしく候。私のためにもこれはありのまゝなることばに候へどもながく〳〵御健かにおいで遊ばされたく候。あなた様にのみは申上げおきてよろしと自らおもはれ候遺言もござ候。これはまことに涙を流しながら申ことにて唯、私のそのやうなる話申とき御き、さへ下さらばよろしきに候。つひ〳〵余計なることまでかき候御ゆるし下されたく候。いかばかりあた、かくて宜しくおはしまさんと羨しく存じ上げられ候までおあたりの幻に見え候。素足して走らせ給ふ君の御ゐがほこひしく候。アウギユストの熱一昨日は四十度二分にてつひにエルマンもき、えず候ひき。今朝は七度四分に候。昨日は終日よろしかりしに候へども今日の午後はまたいかならんなどおもはれ候
うす雪すこししてしめやかなる朝に候。

廿三日　　かしこ。

有嶋先生　みもとに

信子様にも何とぞよろしく御伝へ遊ばされたく候。山の木の実沢山頂戴いたし磁《（ママ）》味をふかく〳〵よろこび候。(4)

大正に入ってから晶子は女性の社会的地位の向上と若い女性の自我の覚醒を図ろうとして精力的な評論活動を行ない、社会評論家与謝野晶子としての顔を見せるようになった。そして、自らの理論の具現化のためには女子教育の実践が急務だと考えた。ところが現実の女学校における国語の授業は画

一的な基準に沿った観念的な教育に適した教科書が用いられている。これでは時代の変化に即応した女性の自立は程遠いという思いに駆られた晶子は教科書批判を展開したのである。

私は今度友人と共に経営する文化学院で、日本文学を教授する参考のために、中学と女学校との国文読本に幾種も目を通して見ました。之がために、中等教育に於る国文の教授が欠点の多いものである事を今更の如く知ることが出来ました。それは現在の国文読本が甚だしく時代の要求する生活理想から遠ざかつて居ると云ふことです。読本が遅れて居ると云ふよりは、社会が急激に進んだのであると思ひます。

この急激な進歩に教育を適応させると共に、更に其上に出て、教育が未来の社会の指導力となるためには、思ひ切つた果断な改造を現在の教育に加へる必要があります。戦後の独逸では大正七年十一月に文部大臣ヘルニツシユが教育に関する施政方針の宣言を三十二箇条公にして居る中に、

五、教師及び生徒は自治権を有す

六、すべて教授には極端にして盲目なる愛国を説くことを禁ず。歴史教授に於て殊に然り。

九、校長の職務は従来の独裁的性質を去り、同僚の意見を基礎として行ふべし

十五、体育より軍隊的性質を撤去すべし。

かう云ふ項目を加へて、独逸教育の弊害であつた軍国的官僚的精神や色彩を一掃することに努めて居ます。（文部省督学官野田義夫氏の論文に拠る）我国の教育にも之に類した弊害のあるのを、此際独逸の新しい教育に学んで除き去らねばならないと思ひます、教育を保守的なものだと思ふのは大間違ひです。早く社会よりも幾十歩か前に進んで居て、社会を教育の方向へ照準させるだけの威力が無ければなりません。

現在の国文読本にも種種あつて、編纂者に由つて保守的なものがあり、進歩的なものがあり、編纂上の用意は周到なやうですが、併し現在の私達の要求に照して考へると、最も大切な用意が閑却されて居るやうに思はれます。

第一に、個人の内に備つて居る人間性の絶対的尊厳を確保する精神が欠けて居て、個人と云ふものが反対に微弱なものに取扱はれて居ます。個人の独立が説かれないで、家へ、祖国へ、財産へ、父母へ、良人へ、長上へ、主人へ、国家へ、国法へ、歴史的習慣へ、権力へ、道徳へ、全く無条件的に隷属し服従することの、奴隷的義務観念ばかりが強制されて居るやうに思はれます。その一つの証拠には男子の教育が個人の完成を唯一の目的としないで、国家のために有用の材となるものを作ることに終始し、女子の教育にあつては一層その目的が近く且つ狭く制限されて、家庭の完全な主婦となるものを作ると云ふことに偏倚して居ます。私達のやうに、国家をも、社会をも、乃至宇宙をも、個人を完成するための機関であり素材であると考へて居る者から見ると、只今の国文読本に現れた教育の理想は全く反対の結果を期待して居るやうに思はれます。

次に愛の教育と云ふものが甚だ外形的な所に止つて、少しもその本質に触れようとして居ません。たとへば親子の愛にしても、父母に孝を尽せと云ふ偏倚的な愛が命令されるだけで、親が如何に我子を愛すべきかと云ふ内面的実際的な教育に至つては閑却されて居るのです。「朋友相信じ」と云ふことが概念的に説かれても、人と人とが相信じ得るには愛の基礎を持たねばならぬと云ふ事は考慮の外に置かれて居るのです。更に自然の愛、世界人類の愛と云ふやうなものには全く触れる所が無いのです。中等教育を受けたと云ふ男女が愛の意義を知らないで家庭を作り、社会の協同成員に加はると云ふのは乱暴だと思ひます。

―中略―

教育界に創造力の欠けて居ることは、国文読本の文章を見ればはつきりと解ります。何と云ふ魂の抜けた、血の無い、弱い、統一の無い、真実の欠けた、低調な、悪文の見本帖でせう。其処には小賢しい職人の細工があるばかりで、人間の創造衝動から沸騰した芸術的表現は無いのです。勿論古今の文学者の作品から抄録されたものには、中に感服されるものも混つて居ますが、それも選択が俗人の手に成つて居るので、同じ夏目漱石氏や国木田独歩氏の文章から採るにしても、もつと教育的に見て適当な択び方があらうと思はれます。短歌、俳句、詩の択び方にしても甚だしい見当違ひのものばかりになつて居ます。

私は、このやうな国文読本で教へて居ては、日本の古典的精神も解らねば現代的理想も解らないであらうと思ひます。読本が日本人の最も優秀なる魂の表現になつて居ないのですから、この読本の刺戟に依つて、新しい日本人の最も優秀なる魂を引出すことは、覚束ないことでせう。また、このやうな悪文の見本を押付けられて居ては、日本人の文章は堕落する外はありません。語法と文法とに合つて居ると云ふだけで、その実質は虚偽の配列に終るでせう。若し現在の読本に現れた国文が代表的のものであるならば、教育上の国文と云ふものは、現代の日本人の持つて居る最高の文学とは全く連絡の断えてゐるものです。

私は右のやうな感想を持ちましたので、文化学院では、新しく国文の教科書を編纂することに決めました。さうして現代文の材料としては、学界と文壇の先輩や友人達に、その御自分の述作から教育資料とする部分を指示して頂くやうに頼んで居ます。此事に就て、有島武郎さんや其他の人達は非常に同感して下さいました。私達の編纂するものが必ずしも理想的な国文読本にはならないでせうが、教育の改造を具体化するには、幾多の人達が、かう云ふ試みに着手することを躊躇してはなるまいと思ひます。(5)（「中等教育と国文読本」—大正10・3・11—）

文中の「夏目漱石氏や国木田独歩氏の文章から採るにしても、もつと教育的に見て適当な択び方があらうと思はれ」るという箇所は抽象的で晶子の真意が判然としないが、恐らく無難な作品の部分しか採り上げていない、ということであろう。彼女の言う教育的とは、端的に言えば女性の主体性の喚起と女学生の問題意識の助長を促すに相応しい教材を見究めて選ぶ必要がある、という意味であろう。文部省の教育政策に縛られて無味乾燥に堕した国語の教科書に対して痛烈に批判を行なった晶子は、先ず文化学院で使用する教科書として自らの手で編纂した『日本文学読本』（大正十年、文化学院刊）を出版したのである。

## 三　晶子の啓蒙活動および講演活動の意図

文化学院創設に向けての布石として晶子の行なった女性に対する啓蒙活動を、その文章から今少し見ることにしよう。

二十世紀は婦人と児童の世紀であると云はれるくらゐに、今は先進の文明国で此両者の権利が正当に尊重されようとして居ます。女子と高等教育の問題も、久しく蹂躙されて居た婦人の権利の一つを回復することに過ぎません。

―中略―

これまでの社会は専制と偏頗との社会で、自由と平等との思想が常に抑へつけられて居ました。

何事も、国際的差別、人種的差別、階級的差別、性的差別等に由つて甚だしく左右されることを免れませんでした。階級的差別に就て例を云へば、道徳、宗教、学問、芸術、政治、経済と云ふ類の、もとから万人共通の普遍平等性を持つべきものまでが、社会に於ける少数階級である貴族及び其他の権力者に支配されて、その階級の利益を擁護する手段のやうなものに堕落して居るのです。性的差別に就て云つても、第一、道徳の上に男子と女子とで非常な相違があつて、女子には女大学流の禁欲的、奴隷的、厭制的、(ママ)非人間的の苛酷な徳目が強要されるに関らず、男子には殆どその反対の濫行が寛仮されて居るのです。ここに私の述べようとする教育の如きも、実にこの性的差別に由つて深大の禍を貽《のこ》して居る一つの事実です。即ち女子には男子と同等の教育を施すべきもので無いと云ふ独断説が、さながら決定的の真理として久しい間世界の女子を支配した為めに、女子は何の理由も無く、能力の劣つた第二次的人間のやうに取扱はれて、男子と同じく人格者として男子と共に平等に学び、平等に感じ、平等に知り、平等に行ひ、平等に享楽することの権利を奪はれ、唯だ纔かに、男子に対し半妾半婢の奉仕者、及び出産と育児の器械として役立つだけの奴隷的、機械的の低級な教育が許容されて居るに過ぎません。之では男子の利益を特に擁護する為めの教育であつて、女子自身の人格を完成する為めの教育で無いのは勿論、却つて女子の人格を破壊し、頽敗させて居る所の教育であると思ひます。

人格者としての尊貴が一部の生理的差別——即ち性的差別に由つて等差を生ずるもので無いこ

とは、もはや今日に於て疑ふべくも無い真理です。人間は男女と云ふ性的差別に関らず、平等の人格を持つて居ます。従つて人格の完成を補導することを目的とする教育が、性別に由つて一方には厚く、一方には薄いと云ふやうな偏頗な措置を取るべきで無いことは自明の理であつて、それは現代の進歩した新しい道徳が、性別に由つて等差を設けないのと同じ性質のものだと思ひます。(6)

―後略―（「女子と高等教育」―大正7・9―）

近代国家としての発展期とも言える大正時代に依然として性別による教育の差別が存在することの不当性を力説する晶子には、日本の将来への危機感があったのかもしれない。同時に彼女は若い女性たちに対して、文学を通して広い社会的視野を養う自助努力の必要性を唱えている。そしてまた、そうした女性たちの自我の覚醒にとって不十分な女学校の現状をも指摘しているのである。

文学を鑑賞する以上に、其れを自分で作りたいと望む婦人達の殖えて行くことは結構なことだと考へます。一体に現代の文学は素人の文学が優勢を示して居ります。文学ばかりで無く、政治にも、学問にも、門閥とか伝統とか云ふ者の勢力が減じて、新しい人達が新しい精神と新しい様式とを創造すると云ふことが現代の生活の中心となつて居ります。―中略―

素人と云ふ中でも、婦人は現代の文明に対して何の方面から見ても素人です。其れだけ私達婦人の実力が消費されずに素質の儘に蓄積されて居るので、どの方面にも私達の為すべき事が豊かに残されて居る訳だと思ひます。世間でよく「婦人は文学に適して居る」と云つて、其外の活動には不適当なやうに考へる風がありますけれど、最新の学説に拠つても、また私達婦人の内省に実証を求めても、人間の素質は男女平等であつて、男性と女性との属性的差別を標準にして素質までが宿命的に優劣と能不能とを決定して居ると予断することは許されません。在来は男子の我儘から久しい間婦人を婢と妻と妾と母との狭い範囲に押し籠めて、男子のやうな自由な境遇に置くことも自由な教育を受けることも禁じて居ましたから、男子に匹敵するだけの万能を発揮することが出来ませなんだ丈で、婦人の素質は男子に比べて劣つても不足しても居ないのです。

―中略―

それで婦人が文学に志すには、自分は文学しか出来ない女性であると考へてはなりません。何事でも出来る素質を男子と同じやうに所有して居ると云ふ自負を持つことが必要です。此事が在来の親達にも解つて居なかつたので、偶ま自分の可愛い娘に教育の自由を与へようとする親の慈悲はあつても、実際の教育になると文学教育だけを許すことになり、若い婦人もまた専ら文学に耽りたがる傾向を生じます。人間の素質は万能を蔵めた宝庫ですけれども、其れを内から引出す段になると、限りある寿命と限りある精力と、限りある境遇とですることですから、其等の後天的の制限を受けて、自然に個人個人に由つて異る長所と短所とが出来ます。之を考へないと、切角努力しながら無駄になつてしまふことが屡ゝあります。それで私は断言します。婦人は男子と共に万能ですけれど、必ずしも文学を長所としては居りませんと。

—中略—

以上述べました所は、婦人が一概に文学だけを長所だと考へずに、素質の万能を信じながら、更に其万能の中で自分の長所を発見して、其れに精力を集中されるやうにと望む次第です。

併し愈ゝ文学が自分の長所であると自信すると云ふことは初めから不可能なことですから、其自信を得るまでの試みとして、一つは書きたいと思ふ衝動の儘に何でも関はず書いて見るのが好からうと思ひます。さうして今一つは自分の直接経験と他人の優れた作物を読む事とに由つて人間の心理と社会状態とを実感することが必要だと思ひます。(7)

—後略—（「文学に志す若き婦人達に」—大正6・1—）

つまり晶子は、文章を書いたり文学作品を読んだりすることによって自分自身を深く見詰め、社会と自分との関係を確立することが大切だと説くのである。しかし、折角若い女性たちが積極的に社会的自立に向かって歩こうとしても、その器として相応しい女学校がない、という壁に突き当たる。

女子教育界のことに通じた或人達が私に聞かせて下さいました。女子の教育を真面目に施さうと父兄が考へる段になると、東京にすら理想的な女学校は殆ど無い。唯だ女子高等師範だけが比較的卓出して、篤学な女子のために学問の出来るやうに設備されて居る。其外有名な女学校は幾つもあるが、すべて校長とか学監とかの人物が新しい教育に通じない人物ばかりである。教師には新しい見識を持つた人達も少く無いのであるが、校長が時代遅れである為に教師の意見が行はれずに居ると云つて、いろいろと具体的なお話を聞かせて下さいました。中には驚く様な事実も尠くありませなんだ。その位の程度のものを教育だと思つて居る父兄の多い時代には已むを得ないことだとも私は考へるのでした。先づ今の日本で真剣に学問をしようとする娘達は三所《みところ》の女子高等師範に入らうとする外は無いでせう。それも定員があつて皆が皆入学が出来ないとすれば、何処かの女学校を卒業した上で、英仏独の内いづれかの外国語を一つ専攻して、その語学の力で世界の学問思想を独修するより道はありません。そのうへ事情の許す娘達は欧米へ二三年間も留学すると云ふ習慣を男子のやうに附けるが宜しいと思ひます。

今の程度の女学校を卒業した丈では、秀才と云はれる娘達でも、その天稟を伸ばすことは覚束ないでせう。近年しきりに殖える女の文士と云ふものも、其等の置かれた境遇の空気が新しい女優界の空気と大差の無いだらけたものだと云ひますから、面白くない誘惑の危険こそ多くあつても、清く健かに志を一貫して成し遂げると云ふことは寧ろ僥倖に属することで無からうかとさへ考へられます。(8)（「完備した女学校が無い」—大正6・2—）

「現在の日本には女学校は沢山あるし、有名な女学校もあるにはあるが、どれも真に学問をしたいと思っている者にとっては物足りない。辛うじて女子高等師範学校だけが何とか欲求を満たしてくれる環境を備えているが、それも全部が入学出来る訳ではない。これでは女性の自我の確立は覚束ない。したがって、本当に学問をしたい者は女学校を卒業した上で独学で外国語を身に付けてから欧米に留学して世界的視野に立った学問をして主体性を養うことしかない。そのことが延いては文学の勉強のベースになる。」というのが晶子の主張である。このような経過を辿って設立された文化学院であるから教師一人ひとりが個性的で自由な教育をしていた筈である。そしてそうした教育は生徒サイドから見ても非常に画期的で自由な印象を受けたに違いない。卒業生の言葉が何よりもそのことを証明している。

私が文化学院の中学部一年に途中編入したのは一九二四年の一学期の半ばでしたから、文化学院が創立されて四年目のことでした。この十八巻に「文化学院の設立に就いて」という題で書かれている文章をお読みになるとよく分ると思いますが、当時の女子教育は、良妻賢母主義をもととして施されていました。小学校を卒業して女子が進学する学校は高等女学校と呼ばれ、教科書には「女子……」と書かれ、その教課内容も、裁縫とか作法といったような課目があって男子の中学とは区別されていました。

私が小学校から通っていた学校はカトリックの学校で、小学校の一年から英語か仏語かどちらかを選ぶといった進歩的な面もある一方しつけにきびしいよい学校でしたが、ちょうど私が女学校に進学する時から、制服が決められ、なるべく早くそれを着用するようにということになったのでした。私はそれがいやでした。

文化学院の存在は、創立当時から、父が與謝野先生ご夫妻とかねてから親交があって、父も始めから顧問格で関係していたために、私もよく知っていました。たしか小学四年生の時だと思いますが、その創立のお祝いパーティーにも、父に連れられて、弟たち二人と出席した覚えがあります。学校らしくない建物、その頃の有名な芸術家たちのお顔もみえ、たのしそうな雰囲気に、私はすっかり魅せられて、いつかこの学校に入りたいと思っていたのでしょう。父にせがみ途中から入学させて貰ったのでした。

私が入学したときは、不幸にも、あの関東大震災のため、美しい校舎は焼失してしまい、殺風景な焼跡に建てられた木造の二階建でしたが、その授業内容は、創立当時と変りなく小学校を出たばかりの子供にとっては、もったいないような素晴らしいものでした。

和歌と俳句の時間が隔週ですが、国語とは別にあり、和歌は晶子先生、俳句は高浜虚子先生という豪華版で、裁縫や作法の時間のかわりに理数系の課目が沢山あって、それも各専門の先生方が、物理、化学、幾何を分担され、教科書はいっさい「女子……」とつくものでなく、その頃の府立一中と同じものとか、英語などは外国からとりよせたものさえありました。仏語も二年生から、教えられましたが、こういう時間割は、女子にも男性同等の教育を受けさせるのが必要という晶子先生のお考えのあらわれだったと思います。

誤解をさけるため、云いたいことは、晶子先生は決して裁縫とか料理などをしなくていいとのお考えでなく、そういうものは家庭で母親から習うものであって、学校では人間として「私たちの学校教育目的は画一的に他から強要されることなしに、個人個人の創造能力を、本人の長所と希望とに従つて、個別的に、みづから自由に発揮せしめる所にあります」と書いていらっしゃるように、豊かな人格を形成するのに役立つ教育をと望んでいらしたのでした。

晶子先生に古典文学として最初に教えていただいたのは『平家物語』でした。その時の先生のお声が、いまでもはっきり思い出せるのは、なんともいえないそのお読みになる節に大変特徴があったからでした。「祇園精舎の鐘の声、諸行無常の響あり……」小さなお声でしたが、少し関西なまりのある朗読は、理屈ぬきに私たちを物語の中に引きこんでいくようでした。『枕草子』『大鏡』などを教えて頂き、最後は『源氏物語』で、これも本文をお読みになってからお訳しになるのでしたが、文法的な解釈というより、源氏の世界に先生自身息づいていらっしゃるような感じでした。

私がいま心から悔まれるのは、この偉大な優れた晶子先生に、直接教えを受けたにもかかわらず、なんて怠け者の学生であったかということです。遊びたい盛りの十代の私たちは、学業に対して欲がないといえばそれまでですが、かえすがえすも自分の不甲斐なさが口惜しいと思うこの頃です。

晶子先生とは、教室とは別に、ある期間お隣同士だったことがあります。與謝野家がはじめ荻窪に土地をお借りになって、父にいくらかおゆずり頂いたので、うちでも小さな家を建てました。ですから先生が文化学院に授業があってお出かけの日には、よく中央線でご一緒になりました。その頃でもラッシュアワーは可なり混んでいて、先生と私は、吊り皮につかまって立ったままお茶ノ水駅まで通いましたが、先生はそんな時、私に対して、年の若い学生だからという扱いではなく、最近お読みになった本のこととか、時局に関する感想などをポツリとおっしゃっていました。その中でいまでもはっきり覚えているのは、日本がドイツとイタリアと結んだ三国同盟に関して「ヒットラーというのはいやですね」と心からいやだというように、顔をしかめられておっしゃっていたことです。私もまったく同感だったので、よく覚えているのかも知れませんが、晶子先生は、いやなこと、下品なことに関しては、その感情を面《おもて》に強くあらわす方だったと思います。

またお隣りに住んでいたおかげで、先生のふだんのご様子も知ることが出来、人間味あふれる豊かさにふれられたのは、私の一生のうちで、幸いだったことでした。たとえば春秋のお彼岸の折、昔は隣り近所にも、おはぎとかちらしずしなどをお重に入れて、ふくさをかけてお互いにおくったりおくられたりしたものですが、与謝野家からは大抵おはぎで、それも大きくて、甘いあんがべっとりかかっているものでした。先生自らお作りになったのではないでしょうが、与謝野家のおはぎがいかにも晶子先生らしく思われたのは、最初にお作りになったのが晶子先生だったような気がしてなりませんでした。最後に、日本にこんな素晴らしい女性が生れたことを、私たちは誇りと思い、その全作品を一人でも多くの人に読んで頂きたいと思います。[9]（戸川エマ著「晶子先生の思い出」）

多分に懐旧的な文章であるが、文化学院の当時の教授法が人間的育成を前提にした独自なものであったことが窺える。文学の授業にしても語句の解釈などよりも作品全体の味わいを通して、その本質を見究めることに重点を置いていたことが分かる。晶子は自分自身が少女時代に学問に対する意欲を削がれた口惜しさを体験しているだけに、女性に対する偏見からあたら可能性を埋れさせられる若い女子学生に格別な愛情を注いだのかもしれない。

今になって、と云うことは、七十一歳になり、それ迄見えなかったいろいろのものが見えて来る。晶子先生と云うかたの、特別な面白さ！　と云うものも、今だから書けるのである。はじめにおことわりしておくが、私は昔、旧制の女学校を卒業し、僅かの間だが、文化学院大学部の聴講科に籍を置いていたことがあるし、その意味で、與謝野寛先生も、晶子先生も、共に私にとって師である。

御依頼を受け、晶子先生（以下先生と略させて頂く）の俤を心に浮かべると、変な形容かも知れないが、異様！　と云う感じが一番先きに来る。いい意味でも、悪い意味でも、先生はいわゆる普通の女の人の外観からは遠い。お顔も、髪型も、服装も、総べて普通で無く、ゆたかに、白く、柔い。大変失礼な物の見かたかも知れないが、先生が衣服をまとわねばならないことは、先生にとってマイナスである。衣服をまとっておられる限り、色白く、木目《きめ》飽く迄こまやかに、豊満な、柔く、たおやかな先生の女体の美は隠され、その特色を発揮出来ないからである。

「ゆあみして触るは苦《くる》し、人の世の衣《きぬ》」とか、「なにを不滅の命ぞと、力ある乳《ち》を手に探らせぬ」とか、断片的なうろ覚えで恐縮だが、こうした不羈奔放！　と云うのか？　見かたによれば、ふてぶてしいとも云える表現の短歌は、いじけて、スケールの小さいわが国の女流歌人などと異り、想像を超える溌剌たるものがある。

併し、私の理想の美女は恰度その反対！　男の人の大きな両手で、すっぽり包み込まれ、隠れてしまうほど小さな顔でなくてはならぬ。近代的な髪型で、男のように短く刈りあげるのがある。美容院などで聞けば、きっと、シックな名称で呼ばれているのであろう。あの髪型がピッタリ来る容貌・姿態でなくては、厳密な意味で、美女とは云えぬ気がする。私の知る限り、後に、東郷青児夫人になった、少女の頃の西崎盈《みつ》子さん、嘗ての私の義兄に当る山田珠樹の友人の妻であるY夫人、これも若き日の、竹久夢二の愛人お葉さん、この三人だけである。

何故そんなことを書くのか？　先生は亡父鷗外が、偉い！　と評したほど、女のかたには珍しく、スケールの大きな人物を感じさせるが、同時に、ごく普通の、いわゆる実に女らしく、それこそデリケートな意地の悪さをも、併《あわ》せ持っておられたらしいのである。ところが私は、先生の中に、そうした気むずかしい分子を感じとったことがあまり無いと云うと、相手、つまり先生のお弟子の一人である女流歌人は、私が父の娘である為だと云われる。云われて見れば、なるほどそんなものかも知れない。

更に私は先生の中に、他の追従を許さぬ、さまざまの美点を見出している。先生の手先きの器用さは抜群で、しかも不器用で、何も出来ぬ人のように鷹揚にかまえていられるのである。例えば私より一寸年長の、先生の令嬢八峰《やつお》さんの卒業式の折も、晴着の着付いっさい先生がなさるらしく、ゆるんだ帯を結びなおしていらっしゃる手つきを見ても、実に行届き、もの馴れた感じである。

料理でも、裁縫、手工芸のようなものでも、先生はおそらく人々より数等立ちまさった能力を持っておられたと思う。先生の年代は和裁が主であろうが、先生のことだから、洋裁の裁断なども、一流百貨店専任の、デザイナー並みの腕前を修行次第でマスターせられたことと思う。

これは亡父が、私の母に語ったと云うのだが、晶子さんは小さな声だが、公的の場面で、主張すべき御自分の意見を述べる時など、実に落着いて、理路整然と述べられると感心していたそうである。

日本人離れした独特のおおらかさ！　と云ったものが先生の特徴なのだが、源氏の講義を伺っていて意外であったのは、先生がこの小説中に登場する女の人たちの中で、最も魅力的で、心惹かれる人として、「夕顔」の主人公の名を挙げていられたことである。

夕顔ほど先生と正反対の女の人は無く、自らの意志と云うものを全く持たず、ただ黙して風に揺れる野の花の如き人である。

ギリシャ神話で読んだアネモネの花、ひとたび風が吹くと花を開き、二度目の風によって忽ち花を散らすと云う、果敢なさの象徴みたいな花で、たしか風の神、アニモスの名により、アネモネと名付けられたとか！

そうしてこう云う感じの人は恋をしても、決して勝利者となることなく、黙して身をひく人であり、それがもし女流歌人であるとしたら、「紅き花、みな友にゆずりて……」と云ふ心境に達するのであろう。それこそ大きな男の人の両手の中に、小さな顔がすっぽり包み込まれ、見えなくなりそうな美女である。

勝利者でありながら先生にとってこの種の女の人に対し、ひそかな心おくれを意識せられていたのではなかろうか！

併し、現実に於いて、先生は常に贅沢で、華やかな雰囲気を好まれる如く思えた。

旅行に御一緒することがあっても、汽車は必ず二等車、熱海などの、一流のホテルや、旅館に宿泊せられた。

しみったれたこと、貧乏臭いことはお嫌いのように見えた。

ともあれ、振返って見ると、私に対する先生は、常に母の如くおおらかに、暖く、お優しかった。先生御夫妻が一番いいお部屋に。隣室に私は先生の末嬢、お二人が溺愛していられた藤子さんと一緒に寝た。床《とこ》が替ると、神経質な私は眠れない。早暁目ざめた私は、これも早起きの寛先生と二人で近くを散歩し、帰って来るとバルコニーに先生が立たれ、私達に向ってさも嬉しそうに、笑顔で手を振って迎えられた。一世を風靡した情熱の女流歌人でも無く、華やかな恋の勝利者でもない。ただただ、母のように懐しく、優しい先生であった。（昭和五十五年十一月廿日記）[10]

（小堀杏奴「母の如き晶子先生」）

ストレートに若い女子学生に情熱と愛情を注ぐ晶子に対して全幅の信頼を傾ける学生の姿がこの文章にも表れている。

こうして文化学院も軌道に乗り始めた矢先の大正十二年九月一日、関東大震災によって学院は焼失した。しかし二箇月後の十一月には西村伊作の尽力で再建されて授業再開に漕ぎ着けた。しかし晶子は十年間かけて書き溜めていた『源氏物語』現代語訳の原稿を学院に預けていたために校舎とともに失ってしまった。それらのアクシデントによる落胆のためか、翌十三年三月に中耳炎を患って入院したのである。

身の弱きわれより早く学院は真白き灰となりぞはてぬる
学院の焼けおちしなど聞くからにまた醒めぬべき夢とたのまる
東京の焼け残りたる片隅の地震なほ止まずわれ病する
失ひし一万枚の草稿の女となりて来りなげく夜(11)
悲しめば病を得ると云ふことに思ひいたらで人のあれかし
病する耳が聴くなる騒音とさまかはりたるさびしき心
ニコライもすでに廃墟となりぬれば鐘おとづれず病院町に(12)

一旦は活動の意欲さえ失いかけた晶子であるが、再起に向けてやはり文化学院の存在は大きな柱になりえたに相違ない。再び女子教育に対する情熱を取り戻した彼女は、文化学院の教科書『日本文学読本』編纂の延長線上に『女子作文新講』を出版したのである。自らの教育理念を全国の女学校に普遍化しようという意図からであった。副読本としての出版であったが、晶子の真意は教科書として広めたいと思っていたのではないだろうか。

さて、その内容であるが、果たして彼女自身の教科書批判の主旨に沿ったものになっているのか、今少し概観してみたいと思う。全体の編集形式は文学小品および詩、短歌、俳句の作り方に中心を置いたものになっている。更に文化学院の教え子たちの作文や詩を文例として収録して、その問題点などを晶子自ら評として加えている。確かに晶子の狙いとするところ、即ち教科書の文章を単に受身的に読むだけでなく、もう一歩入り込んで自分の眼で、自らの意志を持って対象を把握しながら、それを自分の言葉で文章化していく力を積極的に養うことを目的としている部分は読み取れなくはない。しかし、それが女性の自我の解放ならびに主体性の確立に連結するかというと、今ひとつ釈然としないものがある。なぜならば、引用している各作品に対する彼女の解説がどうしても彼女の特性である感覚的な表現の域を脱し切れていず、分析度の浅さが目に付くからである。しかも書物の最後に手紙の実例を載せている。これでは単に文学少女の願望は満足させることが出来ても、時代の変革の中における自己の確立には程遠いものがある。結局は晶子が最も否定した筈の、一般教養的範疇のテキストにしか成り得なかった上に、彼女自身が其処に気付いていないというところに致命的な限界を露呈している。

『女子作文新講』のウィークポイントはさておいて、彼女が文化学院を設立する前後から読本刊行の前後までの時代背景を見てみると日本が次第に激動の時代へ入って行く時期である。そのことへの危機感から晶子は若い女性、とりわけ女学生が社会を深く洞察して自分たちの立場を自覚することの重要性を訴えたいと願ったのであろう。主な社会的出来事をいくつか挙げてみよう。大正九年二月に八幡製鉄所で大規模なストライキが行なわれた。同年十二月、堺利彦・大杉栄らが日本社会主義同盟を結成したが即日禁止され、大正十二年九月には関東大震災が起こり大杉栄らが処刑された。これを受けて大正十四年（一九二五）四月、治安維持法が可決成立、更に昭和三年（一九二八）六月に治安維持法が改正強化されて同年七月特高警察が強化された。昭和六年九月、満州事変勃発。昭和七年一月には上海事変が勃発した。同年五月、五・一五事件が起こり、昭和十一年二月には二・二六事件というように、いよいよ日本は暗黒の時代へ加速度的に突入していった。そして昭和十二年七月になると日中戦争の勃発という決定的な事態を迎えたのである。昭和になってから晶子は寛と二人で全国を回り、主に女学校を中心に精力的に講演活動を行なったが、その背景には時代の激流の中で女性の意識の高揚が急務と考え、自分の教育理念を全国に滲透させるべく、出来るだけ多くの女学校に『女子作文新講』を採用してもらう必要性を感じていたという情況があったのではないかと思う。しかし、晶子の意図とは裏腹に全国の女学校では殆ど採用されなかったらしい。

　晶子の直観力は独特のものがある。その感受性で生活現実を鋭く捉えていた。彼女のこのような眼は如何にして養われたのか。前述の如く晶子は女学生時代に家の帳簿をつけたり雇人と両親との融和に努めたりと、否応なしに現実の生活の厳しさを体験せざるを得なかった。長じては與謝野家の家計を自らが支えなければならない環境に直面した。そのことが生活者としての自分を取り巻く社会および時代を見詰める姿勢に繋がったと考えてよい。晶子が時代を超えて常に人々に注目される所以である。唯、彼女の決定的なネックは社会の有り様や時代の変化に対応する際に、飽くまでも自らの生活範疇と同一平面の枠から抜け切れず、自分を含めて同時代を生きる女性たちを俯瞰的に見ることができなかったことである。

　いずれにせよ大正期以降、社会評論家としての顔を見せるようになった要因は、渡欧した寛の後を追って明治四十五年（一九一二）にパリに渡って目の当たりにヨーロッパ文化に接し、日本の女性とヨーロッパの女性の思想および行動の違いを切実に思い知らされたことにある。

> 欧洲（ママ）の女は何うしても活動的であり、東洋の女は静止的である。静止的の美も結構であるけれど、何うも現代の時勢には適しない美である。自分は日本の女の多くを急いで活動的にしたい。而うして、其れは決して不可能で無い許りか、自分は欧洲（ママ）へ来て見て、初めて日本の女の美が世

界に出して優勝の位地を占め得ることの有望な事を知つた。唯其れには内心の自動を要することは勿論、従来の様な優柔不断な心掛では駄目であるが、其れは教育が普及して行く結果現に穏当な覚醒が初《（ママ）》まつて居るから憂ふべき事ではない。但し女の容貌は一代や二代で改まる物で無いと云ふ人があるかも知れないが、自分は日本の女の容貌を悉く西洋婦人の様にしようとは願はない。今の儘の顔立でよいから、表情と肉附の生生とした活動の美を備へた女が殖えて欲しい。髪も黒く目も黒い日本式の女は巴里にも沢山にある。外観に於て巴里の女と似通つた所のある日本の女が何が巴里の女に及び難いかと云へば、内心が依頼主義であつて、自ら進んで生活し、其生活を富まし且つ楽まうとする心掛を欠いて居る所から、作り花の様に生気を失つて居る事と、もう一つは、美に対する趣味の低いために化粧の下手なのとに原因して居るのでは無いか。日本の男の姿は仏蘭西の男に比べて随分粗末であるが、まだ其れは可いとして、日本の女の装飾はもつと思ひ切つて品好く派手にする必要があると感じた。(13)（『巴里より』「巴里の旅窓より」―大正3・5―）

日本の女性がフランスの女性に比べて劣っている原因は日本の女性教育にあると晶子は実感したのである。以後女性の自立を訴えて精力的な評論活動を開始するのである。そして自らの教育実践の場としての文化学院を設立し、延いては女学校用の副読本『女子作文新講』出版と活動領域を拡げていった。しかし、その科学的時代観察の脆弱性による理論性の乏しさから『女子作文新講』が単なる文学少女趣味へと堕していった。しかし言えることは、当時の時代背景を考えてみると晶子の試みは勇気を要することであっただろうし、特筆に値する行動であった。

なお、晶子の女子教育に対する熱意の一端を具体的に検証する意味で、昭和七年二月二十五日、埼玉県久喜高等女学校で行なった晶子の講演を本書付録に全文引用掲載した。

本章は平成十一年（一九九九）十月発行の日本近代文学会九州支部学会誌『近代文学論集』第二十五号に発表したものに加筆したものであるが、大牟田の白仁家に所蔵されている『女子作文新講』に目を通して、以前から気に掛かっていた、昭和期における晶子の講演回数の急増の背景に一つの手掛かりを得て纏めたものである。

**注**

（1）講談社刊『定本與謝野晶子全集』第十七巻
（2）同第十八巻
（3）図録『西村伊作と與謝野晶子たち《自由と芸術の教育を求めて》』―昭和57・2・4～2・9に東京日本橋高島屋で行なわれた「文化学院六十年展」―による。
（4）八木書店刊『与謝野寛晶子書簡集成』第二巻―平成13・7・20―
（5）講談社刊『定本與謝野晶子全集』第十八巻
（6）同第十七巻

(7) 同第十六巻
(8) 同右
(9) 同第十八巻月報12
(10) 同第十九巻月報14
(11) 同第四巻
(12) 復刻版第二期『明星』第五巻第一号―大正13・6・1―
(13) 講談社刊『定本與謝野晶子全集』第二十巻

# 付録　埼玉県久喜高等女学校での晶子の講演の全文

## 女子と修養

皆様、私は今日皆様に初めてお目に掛ります。実は此の久喜町へも初めて今日参つたので御座います。先日校長先生がわざわざ私の宅までお出で下さいまして、御熱心にお勧め下さいましたので、今日皆様にかうしてお目に掛る機会を得ました。私は皆様のやうなお若い方方とお親しく致すことが好きで御座います。なぜかと申しますと、大人に比べて、若い方方は人間の蕾であり花でおありになります。それは姿かたちのみづみづしさや美くしさばかりを申すのでなく、そのお心を主として蕾であり花であると感じて、そのお心から、どう云ふ新しい色彩や香気が生れるか、またどう云ふ新しい実が結ばれるかを拝見したいと思ふからで御座います。皆様に比べますと、大人と云ふものは成長した樹木のやうなもので、花も咲き実をも結んで居りますけれど、既に其れは「何の花である」とか「何の実である」とか云ふことが定まつてゐます。然るに若い方方は是れから新しく咲かうとする花であつて、一人一人が、どう云ふ新しい種類の花をお咲かせになるのか、どう云ふ珍しい実をお結びになるのか、教育に関係してゐる私は——私ばかりでなく、どの教育者も、皆様のやうな若い方方の現在と将来を楽んで眺めてゐるので御座います。

丁度この頃の季節に、まさに蕾を開かうとする自然の花を眺めますと、誰れでも自ら微笑みたいやうな喜びを心に感じます。気分の悪る《(ママ)》い時でも、さう云ふ花に対しますと、悪る《(ママ)》い気分を忘れるのみならず、その花の示す表情に励まされて心に元気を生じます。況して皆様のやうなお若い人間の花から溢れようとする、未来の希望に満ちた、いろいろの新しい表情に触れることは、大人の心を引立てて、健康なもの、爽快なもの、勇気あるものに致します。皆様は日日諸先生から学科の上に沢山のよい刺激と利益とを受けてお出でになりますが、諸先生もまた皆様の、若くて素直な優しいお心の表情から、それだけの喜びを受けてお出でになると思ひます。一体に教育者は、その職業に二つの楽みを持つてゐます。一つは教師として教へたことが生徒達に理解して貰へ、生徒達の品性、知識、行為の上に、教師の指導する力が役立つ結果の見えることの楽みであり、一つは今申しましたやうに、若い人達と接近して、教師自身の心持をも、常に若若しく、常に純粋に保ち、常に活気があるやうに励まされてゐることの楽みで御座います。教育者に学問があり、他の模範となる程の立派な行ひがあることの必要は云ふまでもありませんが、それは教育者に限らず何人にも必要なことで御座います。教育者は其上に、この二つの楽みを持つてゐることが特に必要であると私は思ひます。私が今日、校長先生のお招きを辞退致さずに此のお学校へ参つたのも、右の意味でお若い皆様にお目に掛りたいと思ひましたからで御座います。

さて私は、女子の一人として、女子の教育をどう云ふ風に考へてゐるかと云ふ事の概略を、皆様の御参考として申上げたいと思ひます。教育は現に皆様御自身の問題ですから、皆様に於て既にそれぞれお考がありませうし、また校長先生を初め他の先生方から、常によいお話をお聴きになつて、皆様の教育の御方針が決まつてゐる事と存じますが、私の申上げる所が若し少しでも皆様の御参考になるなら、私の幸ひで御座います。

以前から私は自分の家庭に於きまして、子供達の教育に出来るだけ干渉致しません。唯だ中学や女学校へ入学させる時に、成るべく志望者が込み合はず、試験の競争のはげしくない学校へ入れるやうに注意しました。今日の中等学校は概して良い先生達が平均して配置せられて居ますから、教育の内容は地方の学校も都会の学校も大同小異であり、その実質に優劣は無いと考へて居ます。さうして入学させました以上、私は学校と自分の子供達とを信用してゐますので、学校の諸先生のお指図の下に子供達を学ばせる外はないと考へて、其上家庭で教育に干渉するやうなことを致さないので御座います。例へば私は自分の子供達に、学校の課業を復習せよとか勉強せよとか申したことが御座いません。全く放任して居ります。それは、今日の学校は、小学でも中等学校でも、先生方が教育に御熱心であり、教授の上にいろいろと御深切に新しい試みをして下さいますので、生徒達も学校の課業に興味を持ち、先生方のお差図通りによく勉強致すからで御座います。

それなら、教育のことは学校にお任せ致したきりで宜しいかと申しますと、私は、学校だけでは教育は完全に出来るものでないと思つて居ます。今日皆様にお聴きを願ひたいのは此点で御座います。教育と云ふことは、生徒で入《(ママ)》らつしやる皆様御自身のための問題ですから、小学時代はともかく、既に女学校時代の皆様のお年頃になりましては、親達よりも、学校の先生方よりも、第一に皆様が自覚して、自分で自分を教育しようと奮ひ起つて頂かねばなりません。皆様が自ら内心から要求して、いろいろの事を知らうとなされ、その知つた事を応用して、自分の感情を美くしくしよう、自分の理性を正しく明かにしよう、自分の行ひを正しく上品にしよう、また物事の判断を誤らないやうにすると共に、何事にも道理のある堅実な意見を立てよう、自分の頭から考へ出した新しい文章を書かう、自分の新しい意匠に由つて刺繍の図案一つでも新たに作り出さうと、かう云ふ風に心掛けて、自ら進んで御勉強なさる事が、ほんとうの「教育」と申すもので御座います。私の常に申すことですが、教育は自修し独学するのが本体であつて、学校教育——即ち先生方の授けて下さる教育は、その独学流の教育にいろいろお手伝ひをして下さるに過ぎません。如何に学校の設備がよく、先生方が揃つて御深切であつても、生徒達自身に自ら教育しようとする熱心が火のやうに燃え、草の芽をふくやうに盛んでなければ、決して教育の立派な成績は挙がりません。如何によいお医者とよい薬とが揃つてゐても、病人の肉体に「生きる力」が盛んでなければ治療の功を挙げ得ないやうなもので御座います。

　皆様が御承知のやうに、厭厭する勉強は唯だ疲労と苦痛とを感じるだけで、その勉強が心の栄養になりませんけれど、自分が好きで致す勉強は、決して他人が思ふやうに苦痛なものでなく、たとへ苦痛でも、その苦痛に堪へて押切る勇気が生じますと共に、その苦痛を押切つて行くことが自ら楽しく感ぜられます。この苦痛には其れだけの報いが必ずあつて、これまでに知らなかつた知識と感情の新しい世界が発見せられて、自分の心が広くなり、また其の効果が創作力となつて作文の上などにも現れて参りますから、要するに自ら求めて経験する教育の苦痛は、それに由つて新しい喜びと楽みとを体験する結果となります。世間に勉強家と云はれる学生は、実際に此の喜びと楽みとを知つて居ますから、その勉強が本人には大して苦痛でないので御座います。

　一体に、学校の教育に限らず、人間の一生の道は、主として自分の実力で新しく切り開いて進んで行くと云ふのが正しい為方だと思ひます。他人の力に依頼すると云ふ依頼主義は、人として独立心を持つてゐる者の忍び得ない卑屈な態度ですが、教育に於ても同様であつて、生徒達は学校の先生方のお力に縋り過ぎてはならないと思ひます。先生と申す者は、生徒自身が試むべき教育の道案内をして下さるのであつて、例へば富士山へ初めて登る者のために強力の役目をして下さるのが先生です。先生は皆様のために、いろいろと御深切なお世話をして下さいますが、しかし富士山へ登るのに強力の背に負はれて登るべきでないやうに、皆様の教育の道は、皆様御自身で進んで御勉強の努力をお重ねにならねばなりません。世間では学校へ行かず、先生にも就かないで学ぶことを「自修独学」と申しますけれど、学校に居ても、また学校を卒業した後にも、自修独学することの心掛が大切であり、これが正しい「教育の為方」であると思ひます。

教育と申す中にも、只今皆様のお受けになつてゐる中等教育は、皆様の御一生のために、皆様の御人格を完全に発育させる所の基礎になる教育であり、最も大切な教育で御座います。世間には、小学を卒業しますと、もう其れで学校の教育を打切つてしまひ、自分の家の職業に従事するとか、他人の家に雇はれて働くとか、中には女中になるとか、車掌のやうな屋外の勤務に就くとか云ふ女子が多数にあります。また或る特別な職業に従事する準備として、いろいろの職業学校に入学する女子もありますが、学校教育を小学だけで止めるのも教育として不完全であり、職業学校へ入学するにしましても、女学校で受けるやうに、一生の人格の基礎となるやうな円満な教育が受けられるのではないのですから、教育として遺憾な点があるので御座います。さう云ふ境遇の女子達に比べますと、皆様は御両親の情ぶかいお心と、御家庭の結構な御事情とに由つて、この女学校へお入りになり、御深切な先生方の御指導の下で御勉強が出来ますのは、経済的に多くの人間が困つて、中学や女学校の入学者が減つてゐる現代に於て、非常に幸福な境遇にお出でになることを、私は皆様のためにお喜び申したいので御座います。どうぞ皆様御自身にも、よく此事をお考へ下さいまして、此様に恵まれた皆様の御境遇を十二分に利用して頂きたいと思ひます。

即ち皆様は、只今実際に「教育の自由」を得てお出でになるので御座います。皆様のお年頃は前に申上げましたやうに「人間の花の蕾」ですが、皆様の御境遇も、丁度只今、この二月の末のやうな春の季節に遇つてお出でになります。誰れに気兼することもなく、自由に自分を教育することの出来る女学生時代と云ふ春の季節は、人間の一生に二度と経験することの出来ない好い季節です。

曾て私にも女学生時代がありました。併し私が皆様の年頃であつた日本の文化は、甚だ幼稚な程度のもので御座いました。私の入学してゐました地方の女学校と申すものは、其頃の女学生も唯だ器械的に教育を受けるだけで、「女子もまた人である」と云ふ大切な自覚を持つてゐる者は無かつたのですが、其頃の先生方もまた、自分の国と世界との将来を見通す見識が無く、個人個人の特性を重んじて、その特性を引出すと云ふやうな大切な教育の目的や方法が分つてゐませんだから、先生方の御熱心の割に教育の効果が挙らないと云ふ遺憾が御座いました。今日に比べると甚だ不完全な女子教育を私は受けたので御座います。

一体に其頃——明治の半、日清戦争の後、其頃の地方の女学校などへお出でになる先生方は、校長を初め、先生御自身の教育が不足して居ました。たとへば英語の先生が世界の学問芸術を御存じなく、国語や歴史の先生が日本の代表的な文学と高等歴史を御存じないのです。理科や家政の先生になりますと、紫式部や清少納言が何を書いたかも御存じなく、徒然草一冊さへも覗いてゐられないのです。さう云ふ風に博い学問芸術の修養がなく、思想としても感情としても奥ゆかしい鍛錬を持たない先生方が、大胆にも其頃の女子教育に当られて居たので御座います。私は小学時代から独学流で御座いましたから、宅にゐて、ひまを偸み親に隠して、いろいろの書物を読んで居ましたが、女学校で、英語の先生がトルストイの文学を御存じなく、国語や歴史の先生がしばしば虚偽《うそ》をお教へになつたりするので、私は独り心の中で不満を感じて居ました。そのために私は、いつの間にか先生方に質問をしない、無口な生徒になつてしまひ、先生方からも、クラスの中で、親しみのない寂しい変り者のやうに見られて居ました。

さう云ふ時代に比べると、只今の女学校は、どの地方へ参りましても、よい先生方がお揃ひになつて居て、教授の方法も器械的でなく、よく生徒の個性に応じて自由な教へ方をして下さいます。専門以外の事にも興味と修養をお持ちになる先生方があつて、生徒さへ熱心であれば、幾らでも高い程度の事を教へて下さる準備が先生方に御座います。こんな結構な時代に、若し私が皆様と同じ年頃であつて、かう云ふお学校の生徒となる事が出来て居たら、私は欲深く、いろいろの知識を求め、いろいろの思想と感情とを知るために、断えず先生方に御質問をして、定まつた課業は勿論、其外の広い範囲の、また高い程度の修養に、多大の幸ひが得られたであらうと思ひますと共に、皆様の只今の御境遇をお羨しくさへ思ふので御座います。

皆様、教育と云ふことの範囲は無限に広いものであるとお考へ下さい。「学校教育」はその広い教育の一部であつて、決して全部でなく、学校を御卒業になつて以後も、永い一生に亙つて、ますます自分を教育しつつ、皆様御自身の人格を大きく完成することに努力なさらねばなりませんが、その教育の基礎になるのは此の女学校時代の教育ですから、この時代を、最も緊張して真剣に御利用下さるやうに祈ります。皆様は只今、肉体の発育盛りでお出でになると共に、皆様のお心もまた、お若く、みづみづしい力――新たに生きようとする力の満ち溢れてゐる時ですから、お心掛次第では、何事にも興味を以て研究することが出来ますし、何物からも皆様のお心の栄養を吸ひ取ることが出来ます。皆様のお心が、素直で、清らかで、潑溂として居ますから、何事でも純粋な形で受取つたり、感じたり、考へたりする事が出来ます。人情の優しさ、自然と芸術の美くしさ、正義と学問的理論の確かさと云ふ風のものが、少しも曇つたり歪んだりすること無しに皆様のお心に映じ、またお心の奥からも生れて参ります。私の経験に由りましても、人間が二十歳前の心で「是れは正しい」とか「是れは良くない」とか感じました事は、今考へても大抵間違つてゐないやうで御座います。大人になりますと、却て社会生活の利害関係などが混つて、動もすれば妥協的となり、正しい判断を謬つたり、知つてゐる事をもわざと遠慮して、口にも行ひにも出さないと云ふやうな、厭な風の人達を見受けますが、皆様のお年頃こそ、真面目に思想し、正直に感動し、余計な気兼をせずに行為して、ほんとうに正義と愛と美との最も清らかな優しい友人になることが出来るので御座います。

　御承知のやうに、婦人の歴史は、大昔から概して屈辱の歴史、忍従の歴史で御座いました。

女子は男子の支配の下に、男子に縋り、男子に養はれて生きる外に、「人」として男子と対等の人格が認められず、教育に於ても女子だけの教育が拒まれて参つたのですが、幸ひにも現代は男女に人格上の差別を認めず、教育に於ても、女子教育の機関が次第に備はりまして、特に秀れた素質の女子には、如何なる高級な学問を修めましても、社会が其れを認めて咎めないと云ふ時代になりました。まだ世間には、「女子に教育は不必要である」と考へるやうな旧式な家庭もありますけれど、このお学校へ皆様をお入れになる程の御家庭は、喜んで教育の自由を皆様にお許しになつてゐるので御座います。また皆様も、屹度この教育の自由を利用して、従来の女子の知らなかつた精神文化の中で、御自分のお心の花を立派に美くしく咲かせようとする御決心がある事と存じます。

申すまでもなく、此のお学校で皆様が修めてお出でになります学科は、すべて皆様を、聡明な人、愛情の博くて深い人、優美な人、正しい道理の好きな人、学問や芸術を好む人、あらゆる勤労を楽む人、何事でも新しく創作する人、活動力の熾んな人として、人格の円満且つ豊富に発育するための栄養になる学科ばかりで御座います。人は生れつきに由つて長所と短所とがあり、また好き不好きがあつて、どの学科にも満点の成績を挙げると云ふことの出来ない方方もありませうが、私の考へます所では、女子の一生に、女学校の教育で基礎づけられた事が最も有効に役立つのですから、皆様に対し、どの学科にも進んで興味をお持ちになるやうに努力して頂きたいと思ひます。

私は女学校で受けました学科の中で数学が最も好きで御座いました。今日も高等数学の話などを聴くのは好きで御座います。それで女子に数学や理科が適しないと云ふやうな通俗説には反対する一人です。一体に中学や女学校程度の学科ぐらゐは、どの男子にも女子にも出来ないものでありません。若し出来なければ本人の熱心と努力とが足りないか、先生方の教へ方がよくないかであらうと思つて居ます。教育を完成するには、一生かかつて、幾階もある高い楼上へ登る辛抱を致さねばなりませんのに、ほんの僅かに基礎の石を据ゑたばかりの、中学や女学校の学科を困難だと考へてはなりません。この程度の教育は楽に突破するだけの意気込と努力とを皆様に望みます。

今申した数学などは、浅く考へると、実用にならない学科のやうですけれども、人間が数学で確実にした聡明な頭を持つてゐると云ふ事は、どれだけ一生の幸ひだか知れません。数学のみに偏しては冷たい人間になりますけれど、数学を真面目に修めますと、人の理性が明るく且つ正確になり、何事に対しても、ぼんやりと眺めてゐないで確かな意義を知らうとし、また物事の比較がよく附いて、本と末と、中心と枝葉とを混同するやうな間違が少なくなります。理科なども同様に人の観察と考へ方とを精密に致します。感情は盲目的になり易く、常識は妥協的に傾き易いものですが、正義の標準を以て物事の判断を誤らないものは理性であり、その理性は数学や理科に由つて栄養される所が多いと思ひます。殊に従来の女子には理性の活動が麻痺し、科学的に思想すると云ふ「心の働き」が鈍つて居ましたから、この欠点を皆様がお持ちにならないやうに望みます。完全な人格と云ふのは、理性と感情とが平衡を得て、実際の行為に現れるやうな人格を申すので御座います。

哲学などを研究するのにも数学や理科の知識と考へ方が必要であると申しますが、歴史などを研究するにも、数学的な頭を持つてゐて各時代の経済状態を知るのでなければ完全な研究は出来ません。それで今日の歴史家の頭は数学的であり科学的であることが要求されて居ます。併し皆様は、さう云ふ専門の学者になるために必要なのでなく、学校に於て日日の皆様の生活を数学的にし科学的にするために、其等の学科が必要なので御座います。茲で私はひと言注意までに申添へますが、学校を皆様はどう云ふ風にお考へになつて居ますでせうか。私の思ふ所では、学校こそ、皆様と切り放すことの出来ない、日日の生きた実際生活です。学校を、皆様のお宅から出張して来てゐる所、よそゆきの場所、卒業するまでの間しばらく腰掛にゐる所と云ふ風にお考へになつては間違で御座います。このお学校で御勉強になつてゐる事が、皆様の一生の中の、お若い年頃の四年間、五年間の、実際に尊い御生活であるとお考へを願ひます。さうして皆様が数学や理科を真面目に御勉強になるのは、やがて皆様の只今の御生活を理性的に聡明にし堅実にする事で御座います。

また皆様は、将来に於て、何かの職業に就いて生産的に経済人とお成りになるのであり、家庭に於て消費的にも経済人とお成りになるのですから、女学校時代の数学生活が基礎になつて、屹度、将来のさう云ふ第二の生活——学校以外の生活に役立つことであらうと思ひます。

女学校の学科の何れにも興味を持つて勉強して頂きたい為めに、数学や理科の例を申しましたが、それは理性を確かにし豊かにするための教育であつて、私は「理性」の教育と共に「感情」の教育にも同様の興味と御勉強を望まねばなりません。女子は男子に比べて感情的であると云はれますが、その意味が若し、感情に偏してゐて理性が不足してゐると云ふ意味であるなら、女子が感情的であると云ふ批評は、女子のために名誉であるとばかりは申されません。我我現代の婦人は、深く此点に反省して、理性の教育を計ると共に、その理性の協力に由つて各自の感情を整理し、感情の我儘な発動を抑へるやうに心掛けたいと思ひます。

また我我女子の感情を理性で整理するばかりでなく、我我の感情を出来るだけ優しいもの、美くしいものに磨き上げ、併せてその感情を狭まい《（ママ）》ものから広いものへ、粗雑なものから繊細なものへ教育しなければなりません。女子は同情心に富んでゐると云ひますけれど、浪速節を聴いて涙を流すやうでは、それは安つぽい涙、価値の低い涙です。これまでの女子には此の種類の涙が多いかと思ひます。女子は愛情に富んでゐると云ひますけれど、母の愛が自分の子供や身内の者に止まつて隣の人に及ばず、勿論人類、国家、学問、芸術の博い範囲に及ばないやうでは小く偏した愛だと思ひます。女子は美を好み、美くしいものが好きだと云ひますけれど、人との交際に、とかく相手の欠点だけを見附けて非難し、相手の持つ美くしい特長を発見せず、発見しても其の特長を尊敬して他の欠点を恕すと云ふ心持が少ないやうでは、美を好む感情もまた浅いと云はねばなりません。

女子が自分の感情を教育するには、一面に自分の生活を芸術的にする外はないと思ひます。前に申しました理性の教育は、一面に自分の生活を学問的にすることですが、それと相俟つて、一面に芸術的な生活をする事は、学校生活に於てばかりでなく、人の一生に最も大切なことで御座います。「芸術的」と私が申しますのは、言葉を換へて云ふと「創作する」ことで御座います。「創作」と申しますと、之れを狭くしては皆様が文章をお書きになつたり、歌をお作りになつたり、また文学者がいろいろの文学を作つたりする事ですが、之を広い意味で申せば、皆様のお心から新しく考へ出された事は、すべて「創作」の範囲に属します。発明とか発見とか申すのも「創作」と同じ意味で御座います。理科の実験の結果を報告するのも創作、皆様の意匠で新しい編物や刺繍が出来上るのも創作です。このやうに自分の意匠で新しく作り出すと云ふ人間の「心の活動」が、学問や器械の発明となり、農業とか商業とかの改良となつて現れます。或事に就いて正しい意見を立てると云ふやうなことも「創作」であり、先生方が、日日の教室で、皆様のために、新しい感激を以て昨日と違つた教へ方をして、興味と利益とを皆様の学課の上に呼び覚して下さるのも「創作」に違ひありません。若し先生方が大して新しい感激もなく、同じやうな教へ方を繰返して、新しい刺激を生徒達にお与へになることが無かつたら、それは創作力の欠けた教へ方と申さねばなりません。

創作する力は新しく立派なものを生み出す力であり、個人個人の持つ創作力から、いろいろと新しいものが生み出されて、地上の文化は進歩して参ります。人が此世に生活する最上の目的は、この「創作」に由つて、人類相互の生活を幸福に高めて行く所にあると思ひます。理性の教育に由つて広く深く知つたり考へたりしたばかりでは、人間生活の建築は完成致しません。その上に「創作」の高い建て物が必要です。昔から「役に立つ人間」と申しますのは、同じ事を繰返してゐる人でなくて、何事かを新しく工夫し出す人を申します。

併し、皆様の感情教育として、私が茲にお勧め致しますのは、特に狭い意味の「創作」で御座います。既に皆様は国語科に於て文章を作つてお出でになります。或は歌や俳句をも作つてお出でになるかと思ひます。他人の力を借らないで、自分の工夫で為上げる事は、自分の創作力を試して、その結果が見えるのですから、他人の為事を傍観してゐるよりは遥かに楽しいもので御座いますが、殊に「創作」の中でも、皆様のお作りになる文章や歌は、全く他人の協力を借らず、他人の為方や感じ方に由らない純粋の「創作」ですから、それが出来上ると、全く自分の感情を自分の言葉で表現した所の一つの文学、一つの芸術品として、嬉しく感ぜられます。この心持を、文学者や美術家は「創作の喜び」と申します。即ち皆様は既に文学を創作して、この「創作の喜び」を体験してお出でになるので御座います。専門家の書いたものばかりが文学では御座いません。皆様は現に文学者の為事を作文の課業に於て実行してお出でになるのです。世間に有名な文学者の書く作品も、もとより皆様と同じ中等教育で作った文章と、その文章を作ることに由つて修養された感情と文才とを土台として生れたもので御座います。

文章其他の創作が、どうして皆様の感情の教育になりますかと申しますと――是れが今日、私が皆様に篤とお聴きを願ひたい点で御座います――皆様、「創作の喜び」を体験致しますと、その高尚な美くしい楽しみに由つて自分の心を浄められます。昔の支那の詩人は「物外に遊ぶ」と申しました。「物の外に遊ぶ」と云ふのは、今日の言葉で申せば、普通の人の持つ物質的な欲望から離れて、もつと高い世界に自分の心を遊ばせると云ふ意味で御座います。例へば皆様が歌をお詠みにならうとする。さうしますと、皆様は何を詠まうかと歌の材料になる美くしい感情をお探しになります。人がお金の事で喧嘩をしてゐるのが目に附きます。また代議士の候補者の名前を書いた立看板が目に附きます。併し、そんな事から歌になるやうな美くしい感情が自分の心に湧き上がりません。ふと見ると、前の畑から雀が一つ、縹の色をした糸屑を一筋くはへて飛び立つのが見えます。空からは冬の薄日が弱く射してゐるのです。この景色の中に見た雀の心持なり姿なりが、まことに愛すべきものとして、皆様の中のお一人の心を感動させました。うつとりとした心持になつて其の雀を見送つた心には、新しい愛と美との感情が湧き上がつたのです。かう云ふ感情は平生の感情と違ひます。常識的な感情でありません。何人にも共通して感ぜられる感情でもありません。其時洋服を著（ママ）た紳士らしい人も雀を見て通つたのですが、その紳士には何の感激も起らなかつたのです。かう云ふ特殊な感情を、私は「詩的感情」即ち詩や歌になる感情と申してゐます。かう云ふ詩的感情に触れると云ふことは、歌を詠まうと思つて観察した為めに得られたのであつて、歌を詠まうとしない人には、さう云ふ感情を生じる機会が与へられず、従つて、さうした光景に美を感ぜず、その雀に愛を感ずるにも到らないので御座います。

所で、それを見た皆様の中のお一人が、どうかして其れを歌にして、音楽的な言葉で、その感情を表現し、一首の歌に創作したくてならないと思はれるのです。かう云ふ心持を文学者は「創作衝動」とか「創作欲」とか申します。さて歌にしようと致しますと、歌は「言葉の芸術」ですから、どう云ふ言葉を、どう云ふ風に用ひたら、自分の感じが適当に現はされて、一つの「歌と云ふ芸術品」になるであらうかと苦心致します。この苦心を、文学者は「創作の苦み」とか「生みの苦み」とか申します。苦みとは申しますが、厭厭する事に伴ふ苦みとは違ひまして、此の苦みの中に「創作の喜び」があるので御座います。さて皆様の中のお一人が、

かの雀みどりの糸の一すぢを咋へて飛びぬ冬の日ざしに

と云ふ一首の歌にまとめて、もう是れ以上、自分の力では歌ふことが出来ないと云ふまでに、適当に自分の感情が一つの芸術品となつて現れた時、そのお一人は、詩的感情を実感したことの喜びと、歌を創作し終つたことの喜びと、二重の喜びに浸ることが出来たので御座います。

かう云ふ風に「創作」の喜びを知つてゐる者は、心を物質生活や普通の平凡俗悪な感情の

世界にのみ置いて居りません。また、いろいろの自然に触れて、遠い山の頂の線からも、一本の野の草花の持つ色からも、人の気附かない美を感じ、雲にも、土にも、石にも、枯れた木にも愛を感じますから、従つて感情が愛と美に深まり、心が高尚になり、優しく細やかになつて、其上、一方で理性が聡明に鍛へられてゐるのですから、女子として世間から非難されるやうな軽佻な行ひをしたり、浅はかな物質的欲望に誘惑されたりすることが御座いません。「芸術が人を高尚にする」と申すのは之れを云ふので御座います。

この意味で、皆様が国語科の作文に御勉強下さることを祈ります。欧洲（ママ）の学校では昔も今も作文に重きを置いて、よい文章や詩を作る生徒に賞を与へ、名誉の事として居ります。我国でも、文学史上に永く光を放つ創作を遺したのは、御承知の通り平安朝の才女達でありました。其等の才女達の努力に由つて、我国の文学が世界に劣らない立派な作品を持ち、それが土台となつて現代の文学にまで発達したので御座います。私は皆様に、専門の文学者にお成り下さいと申すので御座いませんが、文学を作ると云ふことが何よりも感情の教育に役立ちますことを述べ、平安朝の才女が致したことを、現代に生れた我我が試みて、各自に、個性の特色ある作品を為上げることは、決して困難でないと思ふ私の考を申上げるので御座います。

また作文は狭い意味の「創作」ですけれども、真面目に創作してゐると、広い意味の創作力をも、知らず知らず養ふことになります。自分で新しく工夫する創作力の豊かである事は、久しい間、一般の女子に欠けて居た事であり、女子の作つた精神的な文化と云ふものが乏しかつた為めに、男子に対して肩身が狭く、男子から悪る《（ママ）》く待遇されても参つたのですが、この創作力を養ふと云ふ事は、今後の女子が、ほんとうに男子と対等の人格者となるために必要な教育だと思ひます。欧洲《（ママ）》でも世界戦争このかた、頻りに此の意味の教育を「芸術教育」と申して奨励して居ります。

　最後に私は申添へます。皆様は教科書以外にいろいろの物をお読みになつてゐると思ひます。婦人雑誌などもお読みになる事を、よくないとは申しませんが、特に一般の低級な婦人向きに作られた雑誌ですから、その内容は大したもので御座いません。それで婦人雑誌などは高い所から見下ろした態度で、軽く取り扱つて御覧になるが宜しいと思ひます。それよりも、皆様の時代に、是非とも目を通して頂きたいのは、自分の国の古典文学の代表的なもの、それと古代からの歴史物です。私は第一に枕草子、栄華物語、古今集、源氏物語、平家物語と云ふ風のものを読んで頂きたいと思ひます。また現代の書物も、大部な、しつかりした書物を、広く文学、思想、自然科学に亙つて読んで頂きたいと思ひます。皆様にさう云ふお暇はないでせうが、暑中休暇などにトルストイ全集を読むとか、フワブウルの昆虫記を全部読むとか云ふ風の努力をして頂きたいと思ひます。

　理性の教育から云つても、感情の教育から云つても、其等の書物を読んで、思想と趣味とを学ぶことが必要ですが、流行の経済思想の書物などを、たまたま読んで、思想は其れ一つしかないと云ふ風に軽率に信じてはなりません。書物を読むには一面に批評家の態度を持ちたいと思ひます。殊に「思想」の書物には批判しながら読むと云ふ態度が必要です。世界には昔も今も無数に「思想」があつて、それが学問芸術の書物に現れて居ます。古い思想が皆役に立たないものでもなく、新しい思想がすべて良いとは限りません。何れかと云ふと、古い思想は長い月日の間に多数の人人に批判されて、その価値が定まつてゐますから、それを見て、お互の参考とするには楽ですが、新しい思想は、それが珍しいために今の人に喜ばれ、非常な勢力を以て行れましても、三年か乃至十年で大抵は人に忘れられてしまひます。新しい思想は多数の識者の批判を経る間がないので、ほんとうの価値がまだ定まつてゐないのですから、流行の衣服のやうに急いで身に著（ママ）けると、取返しの附かない過ちを致す場合があります。それで新しい思想には、お互の心と態度とを十分に落ちつけて其れに対し、その長所と欠点とを批評家の態度で、じつとよく見分ける心掛が必要で御座います。

これで私のお話を終ります。どうぞ皆様が御健康で、立派な御修養をお重ねになり、正しい理性と、豊かな感情と、堅実な実行力とをお持ちになる女子として御成長になることを祈ります。

（講談社刊『定本與謝野晶子全集』第二十巻）

〔参考文献〕

○講談社刊『定本與謝野晶子全集』―昭和58・6・7―
○八木書店刊『天眠文庫蔵與謝野寛晶子書簡集』―平成13・7・20―
○八木書店刊『与謝野寛晶子書簡集成』第二巻―平成8・7・7―
○武蔵野書房刊、沖良機著『資料与謝野晶子と旅』―平成7・4・25―
○河出書房新社刊、平子恭子編著『年表作家読本与謝野晶子』―昭和60・11・25―
○新潮社刊『新潮日本文学アルバム与謝野晶子』―昭和60・11・25―
○菅沼宗四郎著『鐵幹と晶子』（神奈川県湯河原町吉浜発行）―昭和33・11・3―
○ルック社刊、森藤子著『みだれ髪』―昭和42・9・14―
○思文閣出版刊、与謝野光著『晶子と寛の思い出』―平成3・9・1―
○文化学院史資料室刊、文化学院六十年展図録『西村伊作と與謝野晶子たち《自由と芸術の教育を求めて》』
○『若松市史』
○八木書店刊『与謝野寛晶子書簡集成』第三巻―平成14・1・30―
○復刻版第二期『明星』第五巻第一号
○明治書院刊『與謝野寛短歌全集』―昭和8・2・26―

○国風閣刊『女子作文新講』（大牟田の白仁欣一氏所蔵）
○桜楓社刊、吉田精一著作集第九巻『浪漫主義研究』—昭和55・12・12—

# あとがき

近藤晉平

與謝野寛と晶子は、その生涯を通して全国各地を旅行している。しかし、九州とりわけ北九州の若松および大分県中津における足取りについては研究のスポットライトは全くと言ってよい程当てられていない。このような情況の中で調査研究に着手するのは冒険に等しかった。最もネックになったのは資料が、晶子が小林天眠と白仁秋津に宛てて出した書簡しかないことであった。加えて地元の人が寛夫妻が滞在したことを知らなかったことが調査を難航させた。特に若松の場合は書簡の中には具体的な様子が全然書かれていなくてどこから手を付けてよいか見当がつかない状態であった。偶然得られた切っ掛けから解明の糸口が摑めたのは幸せであった。

江上孝純と寛夫妻との関係については若松での足跡に比べると寛から孝純に宛てた書簡である程度推察が可能であったが、それでも調査は困難を極めたことは間違いない。唯、孝純の甥の巖氏や江上内科医院院長の政孝氏および中津の村上医家資料館の関係者などに対する聞き取り調査によって、ある程度解明できたことは何よりであった。しかし研究調査の性格上から推論の域を脱し得なかったことについては御容赦願いたい。因に孝純の墓は大分県宇佐市四日市町乙女の「浄現寺」にある。また、昭和六年に寛と晶子が中津高等女学校で講演した経緯に関しては孝純が発行していた「二豊新聞」に記事が掲載されていて、この新聞は「村上医家資料館」に保存されている。資料館の建物は典医の村上玄水田長の旧宅である。

専門書でこのような性格の文章は傾向が違うとか邪道だとかいう誇りを受けるかも知れないが、敢えてそれを公にしたのは寛・晶子研究、なかんずく晶子研究において一つの新しい視点を提起できればと考えたからである。

なお、本原稿を執筆中に八木書店から『与謝野寛晶子書簡集成』が刊行されて、本文中に引用している白仁秋津宛書簡のなかには、この書籍に掲載されているものもあるが、本研究の過程では未発表であったし大牟田の白仁欣一氏宅を著者自らが訪ね、写真撮影をした上で解読して引用したことを付け加えておく。また、著者所蔵の書簡や葉書、晶子の原稿などは未発表のものである。

これからも時間の許すかぎり晶子の研究を掘り下げていきたいと考えているので御批評を賜れば、この上ない幸せである。

晶子の『女子作文新講』普及に対する熱意は並並ならぬものが感じられる。女学校における精力的な講演活動が何よりもそれを如実に物語っている。そのことは寛にとっても同じであった。寛は白仁秋津宛の書簡の中で、学校関係者でもない秋津に対して女学校での採用に力を貸して欲しい旨の依頼をしている。ここに補遺の形で書簡を引用しておきたい。なお、この書簡については八木書店刊の『与謝野寛晶子書簡集成』第三巻からの引用である。

啓上

歌も詠まずにお別れ致しのこり惜しく存じ申候。もはや御帰著（ママ）なされ候頃かと存じ候。本日書肆より妻の「女子作文新講」四冊づつを廿組、其他巻一の参考書（他の参考書ハ目下印刷中につき三月中にハ出来申すべく候）及び依頼の印刷物等を揃へて、銀水駅宛に鉄道便にて差出候。ついてハ各女学校にて教科書の決定を見ぬ以前に、至急御配慮下され候やう御願ひ申上候。作文教科書若くハ副読本として採用して頂きたきに候。この編纂にハ可なり精力を払ひ、新意を加へ候積りに候。従来の作文書の型を破りながら、しかも決して奇抜なる点無之候。

巻四にハ、大兄のお歌をも載せさせて頂き候。御笑覧下され度候。

銀水駅より配達が遅れ候はゞ一寸御催促下され度候。

県下及び出水等の各地へ御推薦下され候ことゆゑ、定めて多大の御労力を煩はすことに相成るべくと恐入候。

書肆よりもよろしく御頼ミ申上げ候やう申伝へ候。

どの女学校も目下教科書の採用中にて、既に完了したる地方も有之べく候。何卒御急ぎ被下候やう願上候。
妻よりも万々御願ひ申上候。
記念として頂キ候御品忝く存じ申候。

拝具。

三十一日

寛

秋津雅兄

御もと

（昭和六年一月三十一日の書簡）

採用校が定まらない状況の中で焦りの様子が窺われる。しかし、この書簡には今一つ注目すべきことがある。つまり『女子作文新講』採用仲介の依頼を寛がしていることである。明治四十一年に『明星』を廃刊して以来、原稿依頼の中心は晶子に移り、虚脱感から自暴自棄状態に陥った寛であったが、昭和に入ってからは晶子との人生を気持ちをひとつにしてお互いの愛を見詰めていこうとする深い思いを見ることができる。晩年の二人の生き方を象徴する書簡のような気がしてならない。

**著者略歴**

近藤 晉平（こんどう しんぺい）

昭和11年（1936）北九州市に生まれる。明治大学文学部卒業。福岡県立高校および私立高校の国語科教諭を経て、平成13年（2001）に九州共立大学八幡西高等学校（現在の自由ケ丘高等学校）を定年退職。

昭和56年（1981）以後、主として第二期『明星』以降晩年にかけての與謝野晶子を中心に研究している。昭和45年（1970）4月から昭和47年（1972）3月まで広島大学文学部磯貝研究室の特別研究生。

現在、日本近代文学会会員・日本近代文学会九州支部会員・日本社会文学会会員。

九州における與謝野寛と晶子　　和泉選書 130

2002年6月5日　初版第一刷発行©

著　者　近藤晉平

発行者　廣橋研三

発行所　和泉書院

〒543-0002　大阪市天王寺区上汐5－3－8

電話06-6771-1467／00970-8-15043

印刷／製本　亜細亜印刷／装訂　仁井谷伴子

ISBN4-7576-0160-3　C0395　定価はカバーに表示

## ═ 和泉選書 ═

| | | | |
|---|---|---|---|
| 継体大王とその時代 | 財団法人枚方市文化財研究調査会 編 | 121 | 二三〇〇円 |
| 二葉亭四迷『あひゞき』の語彙研究　『あひゞき』はどのように改訳されたか | 太田紘子 著 | 122 | 三八〇〇円 |
| 他文化を受容するアジア | 追手門学院大学アジア文化研究会 編 | 123 | 二五〇〇円 |
| 漱石　『夢十夜』以後 | 仲秀和 著 | 124 | 二五〇〇円 |
| 梅の文化誌 | 梅花女子大学日本文学科 編 | 125 | 二三〇〇円 |
| 日本文学と美術 | 光華女子大学日本語日本文学科 編 | 126 | 二五〇〇円 |
| 内田魯庵研究　明治文学史の一側面 | 木村有美子 著 | 127 | 三〇〇〇円 |
| 谷崎潤一郎　自己劇化の文学 | 明里千章 著 | 128 | 二三〇〇円 |
| 高見順研究 | 梅本宣之 著 | 129 | 三五〇〇円 |
| 九州における與謝野寛と晶子 | 近藤晉平 著 | 130 | 一八〇〇円 |

（価格は税別）